Gestatten, mein Name ist Cosma-Fee!
Eine Katze erzählt …
Von Christine Hanbauer

Ein Buch aus dem WAGNER VERLAG
Umschlaggestaltung von Philipp Reinsberg
Das Portrait der Autorin wurde erstellt von
„Fotowerk, Michael Heyde“

Druck: dbusiness.de gmbh · 10409 Berlin

1. Auflage
ISBN 3-938623-34-9

Bibliografische Information der Deutschen Bibliothek
Die Deutsche Bibliothek verzeichnet diese Publikation in der Deutschen Nationalbibliografie; detaillierte bibliografische Daten sind im Internet über http://dnb.ddb.de abrufbar.

Dies ist die Geschichte der Katze Cosma-Fee. Sie erzählt uns humorvoll, altklug, aber auch sehr gefühlvoll ihr Katzenleben, alle ihre Abenteuer, viel Freude und Leid. Wer eine Katze besitzt, wird bestimmt oft seine Mieze in Cosma-Fee erkennen. Ich wünsche viel Freude und Spaß bei dieser Geschichte!

Christine Hanbauer

Gestatten, mein Name ist Cosma-Fee

Alle wörter die ich
nicht kenne sind so
gekenzeichnet ◯

DIE IDEE

Es war einer dieser wunderschönen Spätsommertage. Ein strahlend blauer Himmel grüßte zum Fenster herein. Noch im Nachtgewand und etwas verschlafen öffnete ich die Balkontüre und trat auf die Loggia hinaus.
„Herrlich, was werde ich an diesem schönen Tag alles anstellen?“, fragte ich mich und machte mich auf den Weg in die Küche. Meine Miezen Cosma-Fee und Mira-Lu folgten mir nach. Die beiden wissen genau, dass sie zuerst ihr Frühstück bekommen, denn sonst gibt es Ärger mit den beiden Damen.
Nachdem die beiden Kätzchen ihre Streicheleinheiten und ihre Mahlzeit bekommen hatten, konnte ich mich auch in Ruhe hinsetzen und mein Frühstück genießen.
Jetzt noch Morgentoilette, aufräumen, dann gehörte dieser schöne Tag mir allein.
Und weil dieser Tag so herrlich war, setzte ich mich auf meine gemütliche Holzbank, die ich auf der Loggia stehen habe. Die Sonnenstrahlen waren noch warm, und ich freute mich meines Lebens und begann ein bisschen vor mich hin zu träumen. Ich schloss meine Augen und war mit meinen Gedanken sehr weit weg.
„Woran denkst du gerade?“, hörte ich plötzlich eine freundliche Stimme fragen. Ich erschrak so sehr, weil ich nicht wusste, woher diese Stimme kam. Es war außer mir niemand auf der Loggia.
„So etwas, jetzt höre ich schon Stimmen, die es gar nicht gibt!“, sagte ich zu mir und machte meine Augen wieder zu, um meinen Gedanken weiter nachzuhängen.

„Du hast schon richtig gehört, ich habe dich gefragt, woran du denkst, ich sitze ja neben dir!“
„Jetzt bin ich wahrscheinlich doch übergeschnappt!“, dachte ich laut, denn neben mir saß Cosma-Fee, meine Perserkatze, sonst niemand. Ich fragte mich, ob ich vielleicht mit offenen Augen geträumt habe, und so sah ich Cosma-Fee nur lieb an und streichelte ihr seiden-weiches Fell.
„Ich freue mich so, dass es dich gibt, du bist eine ganz süße und liebe Katze, die ich nie im Leben hergeben würde.“ Dann gab ich ihr einen zärtlichen Klaps und lächelte sie an.
„Das hast du wirklich schön gesagt, ich mag dich natürlich auch sehr und liebe dich heiß und innig, aber das habe ich ja schon immer gewusst. Ich wollte wissen, was du gedacht hast, als du mit geschlossenen Augen geträumt hast.“
Ich versuchte mich zu konzentrieren.
„Cosili, mein Liebling, sprichst du mit mir?“, fragte ich zu meiner eigenen Überraschung.
„Natürlich, wer denn sonst, ist ja niemand hier außer uns beiden.“
„Ich kann es nicht glauben, das muss ein Traum sein!“, japste ich.
„Nein, nein, du träumst nicht und hast auch keine Wahnvorstellungen. Ich kann wirklich sprechen, nur wollte ich bis jetzt nicht, meine Liebe. Weißt du, als Katze muss man sehr vorsichtig sein im Umgang mit den Menschen, aber das brauche ich dir ja nicht zu sagen. Du liebst mich sehr, das weiß ich, darum habe ich auch beschlossen, mit dir zu reden. So, nun rege

dich wieder ab und nimm zur Kenntnis, dass ich sprechen kann. Ist das okay?“

Ich wusste wirklich nicht, was ich sagen sollte. Eine Katze, die spricht! So etwas hatte ich bisher nur in Filmen gesehen. Allerdings fiel mir ein, dass mein Vater mir einmal etwas Ähnliches erzählt hatte. Nachdem ich mich einigermaßen gefangen hatte, nahm ich einen inneren Anlauf und fragte Cosma-Fee ganz selbstverständlich, als ob es die natürlichste Sache der Welt wäre:

„Okay, meine liebe Cosma-Fee, ich freue mich sehr, dass du sprechen kannst, obwohl ich beinahe einen Herzanfall bekommen hätte, denn so etwas ist ja nicht alltäglich. Cosma-Fee, können alle Katzen reden, oder bist du eine Ausnahme?“

„Ja, meine liebe Freundin, eigentlich darf ich dir das ja nicht verraten. Aber nachdem wir ja schon so viele Jahre zusammen sind, und ich dich sehr gut kenne und weiß, dass du die Tiere liebst, ist das kein Vertrauensbruch. Gut, aber du musst mir versprechen, dies nicht auszunützen. Ja, es können alle Katzen sprechen, sie tun es nur ganz selten, denn eines ist für mich klar: ich rede nur mit dir! Wenn jemand da ist, werde ich nur mein „Miau“ von mir geben, sonst nichts! Als stolze und schöne Katze kann ich mir diese Eigenheiten erlauben. Verstehst du das?“

„Aber natürlich, und ich verspreche dir hoch und heilig, dass ich es niemandem sagen werde. Ich kann es ja nicht einmal selbst fassen. Außerdem würde mir das niemand glauben, sondern eher meinen, ich sei verrückt

geworden. Aber ganz langsam nehme ich es zur Kenntnis, dass meine liebe Cosi sprechen kann.“
„Gut, Stefanie, das wäre also geklärt. Eines aber möchte ich dich trotzdem bitten: Ich heiße Cosma-Fee, nicht Cosi! Als Edelkatze habe ich das Recht, mit meinem schönen Namen angesprochen zu werden. Ich weiß, du meinst es nicht böse, es ist bestimmt eine Liebkosung, aber Cosma-Fee genannt zu werden, ist mir lieber.“
„Cosi, entschuldige, ich meine Cosma-Fee, warum hast du dich entschlossen, mit mir zu reden? Gibt es dafür einen bestimmten Grund?“
„Ja, weißt du, meine liebe Stefanie, manchmal habe ich das Gefühl, dass du sehr einsam und traurig bist und froh wärest, wenn du mit jemandem reden könntest. Oft dachte ich mir, dass du es vielleicht wünschen würdest, einen ehrlichen Ansprechpartner zu haben. Immer wenn du unglücklich warst, hast du mir deine Sorgen erzählt. Du hattest keine Ahnung, dass ich dich verstehe. Gern hätte ich dir geantwortet oder dich getröstet. Du musst mir verzeihen, ich hatte einfach nicht den Mut, weil es uns Tieren, besonders Katzen, streng verboten ist, mit den Menschen Kontakt aufzunehmen. Aber ich muss dir gestehen, jetzt freue ich mich darüber, dass ich mich mit dir unterhalten kann. Ich kann dir vertrauen und werde dir die beste Gefährtin sein. Ich bin überzeugt, dass du dich ebenfalls freust über die neuen Möglichkeiten, die sich uns jetzt eröffnen.“
Ich war so perplex über diese Neuigkeiten, dass ich nicht einmal eine Antwort geben konnte. Ich musste das erst einmal verdauen. Wenn das so ist, weiß ja

meine Cosma-Fee alles über mich. Hoffentlich kann die Gute keine Gedanken lesen, gar nicht auszudenken!
„Kannst du Gedanken lesen?“, fragte ich vorsichtig nach.
„Was dachtest du denn? Woher wüsste ich sonst von deinen Problemen. Du kannst mir nichts vormachen.“
Na, nun saß ich aber schön in der Tinte. Aber nachdem Cosma-Fee nur mit mir spricht, war ich wieder einigermaßen beruhigt. Es ist gar nicht einfach, so etwas zu kapieren. Ich musste mich schon sehr konzentrieren, um bei der Sache zu bleiben. Das war schließlich absolutes Neuland für mich.
„Cosma-Fee, sag, kann die kleine Mira-Lu auch sprechen?“, wollte ich von meiner Katze wissen.
„Na ja, sie könnte schon, sie ist sehr klug, aber sie traut sich nicht. Ich habe mich mit ihr ohnehin schon darüber unterhalten. Sie kann noch nicht viel sprechen, sie ist noch etwas zu jung, darum schweigt sie lieber.“
Wir unterhielten uns noch eine Weile, und auf einmal merkte ich, dass ich ganz normal mit Cosma-Fee sprach, als hätten wir das immer schon getan. Einfach irre, wirklich. Das musste ich erst einmal schlucken, aber ich fand es einfach phantastisch, eine sprechende Katze zu haben.
Den ganzen Tag konnte ich an nichts anderes mehr denken. Um wieder Boden unter den Füßen zu bekommen, ging ich in die Stadt. Vorher fragte ich jedoch meine Katze, ob ich „IHR“ etwas mitbringen darf.
Aber Cosma-Fee gab mir keine Antwort, sondern ging sichtlich stolz und aufrecht durch das Zimmer auf ihren

Lieblingsplatz, rollte sich zusammen und zeigte mir die kalte Pfote.
Punkt.
Irritiert machte ich mich auf den Weg in die Stadt. Ich erledigte meine Einkäufe, beeilte mich aber, so schnell wie möglich wieder nach Hause zu kommen. Ich freute mich richtig, wieder mit meiner Cosma-Fee plaudern zu können.
Ich sperrte meine Wohnungstür auf, hoffte, Cosma-Fee würde mich begrüßen. Aber nein: Die Dame Miau lag immer noch auf ihrem Plätzchen und gab keinen Ton von sich. Nicht einmal einen Blick gönnte sie mir.
Ich eilte auf sie zu und sagte:
„Hallo, Mieze, ich bin wieder da, ich habe dir etwas mitgebracht, komm in die Küche, mein Schatz!"
Doch Cosma-Fee streckte sich einmal ganz kurz durch, änderte ihre Position, maunzte ganz leise und schlief weiter, wie Katzen es so gerne tun.
„Mh, mh, na, so etwas, jetzt kenne ich mich nicht mehr aus", sagte ich zu mir selbst und nahm mir vor, nicht mehr weiter daran zu denken. Aber so leicht war das nicht. Ein paar Mal versuchte ich noch, an meine Cosma-Fee ganz harmlos heranzukommen, aber es war zwecklos. Sie tat, als wäre nie ein Wort über ihr Schnäuzchen gekommen.
Am Abend ging ich sehr zeitig schlafen. Ich hätte mich nie und nimmer auf das Fernsehen oder auf eine Zeitung konzentrieren können, so aufgewühlt war ich. In der folgenden Nacht konnte ich nur sehr schlecht schlafen, und immer wieder träumte ich von meiner sprechenden Katze.

Erst gegen Morgen fiel ich in einen bleiernen Schlaf, und viele graue Perserkatzen wollten mit mir in meinem Traum reden. Am nächsten Morgen war ich wie gerädert und sehr, sehr müde. Ich rief meine Miezekatzen in die Küche, fütterte sie mit Leckerbissen, dabei beobachtete ich Cosma-Fee heimlich von der Seite. Insgeheim hoffte ich, dass sie etwas sagen würde. Aber sie stürzte sich nur heißhungrig über ihr dargereichtes Futter und trollte sich danach auf die Loggia, um die Morgensonne zu genießen. Ich nahm die Fellbürste und folgte ihr hinaus, um ihr seidiges Fell zu bürsten. Cosma-Fee liebt diese Streicheleinheiten sehr. Sie maunzte genießerisch und drehte sich nach allen Seiten, sie freute sich sichtlich ihres Katzenlebens. Aber sie gab keinen Ton von sich. Schön langsam dämmerte es mir, dass der gestrige Tag nur geträumt war. Ist ja wirklich verrückt: Eine sprechende Katze, da ist wahrscheinlich in meiner Einsamkeit meine Phantasie mit mir durchgegangen. Gut, dass ich mit niemandem darüber gesprochen habe, man hätte mich womöglich für übergeschnappt gehalten. Es war aber trotzdem lieb, dieses kleine Erlebnis meiner Vorstellungskraft.

So verging eine ganze Woche. Ich war mir jetzt sicher, dass mein Erlebnis mit Cosma-Fee nur ein Traum war.

Am nächsten Morgen, es war ein schöner Sommertag, setzte ich mich wieder auf die Loggia.

„Hast du gut geschlafen?“, maunzte Cosma-Fee vom Zimmer heraus.

Jetzt hätte mich wirklich beinahe der Schlag getroffen, denn darauf war ich nicht vorbereitet.

„Cosma-Fee, es ist also doch wahr, oder habe ich schon Halluzinationen?“, gab ich meiner Cosma-Fee schon fast normal zur Antwort.
„Ich habe dir ja gesagt, es ist alles okay, also worüber regst du dich denn auf? Nur, weil ich eine Woche still war, ist das noch lange kein Grund zu zweifeln.“
Was sollte ich dazu sagen? Diesmal hatte es mir wirklich die Sprache verschlagen. Na gut, jetzt ist es für mich klar, Cosma-Fee spricht wieder, diesmal ist es kein Traum, wie ich dachte.
„Warum hast du die ganze Woche geschwiegen?“, wollte ich wissen.
„Ich wollte ganz sicher sein, ob ich mich auf dich verlassen kann!“, flötete sie süß.
„Ich habe niemandem davon erzählt, das weißt du ja, du kannst ja meine Gedanken lesen, oder doch nicht?“
„Sicher ist sicher, deshalb habe ich kein Wort gesagt. Aber nun sind wir uns ja einig, so soll es nun bleiben. Wenn du aber dein Versprechen brichst, dann bleibe ich für immer stumm, und dich werden alle auslachen. Ist dir das klar, liebe Stefanie?“
„Okay, okay, das ist jetzt amtlich. Mich mit dir zu unterhalten, ist mir wichtiger, das darfst du mir glauben. In den Jahren, die wir beisammen sind, bist du mir sehr an mein Herz gewachsen, keiner wird unsere Zuneigung trüben können. Ich bin sehr glücklich, dass wir uns in Zukunft unterhalten können. Du brauchst nie mehr an mir zweifeln.“
„So, Stefanie, und jetzt genießen wir die schönen Sonnenstrahlen, denn heute ist der letzte schöne Tag. Morgen kommt Regen und die Temperaturen werden empfindlich sinken“, maunzte Cosma-Fee.

„Sag, das Wetter kannst du auch vorhersagen. Das gibt es doch nicht, wieso weißt du das?"
„Das ist keine Kunst. Aber ich bin eben schon eine ältere Katzendame und spüre in meinen Knochen, wenn sich das Wetter ändert. Das ist ja bei den Menschen auch so; immer, wenn ich mein Rheuma spüre, weiß ich, das Wetter schlägt um. Du wirst schon sehen, morgen ist es kalt, windig, und regnen wird es auch. Wetten?"
„Nein, ich wette nicht, denn inzwischen glaube ich dir alles, was du mir erzählst", gab ich kleinlaut zu.
„Da siehst du wieder, was für ein Glückspilz du bist, jetzt hast du eine Mieze, die sprechen kann und dir außerdem den Wetterbericht frei Haus liefert. Na, bin ich nicht eine Superkatze? Du wirst dich noch wundern. So, und als Extra bekomme ich jetzt sofort eine große Portion Schlagobers serviert. Den verspeise ich für mein Leben gern. Aber bitte, nicht wieder diesen graus-lichen Diätobers, wo mir nur übel wird. Den echten Schlagobers will ich, den habe ich mir verdient!"
Na, das war eine klare Aussage.
„Cosma-Fee, mein Liebling, ich gönne dir natürlich dieses süße Zeug, aber gerne gebe ich es dir nicht. Du bist etwas mollig, und ich will nicht, dass du noch stärker wirst. Ich habe Angst, dass dich vielleicht der Schlag treffen könnte", entgegnete ich vorsichtig.
„So, so, ich bin also mollig. Gut, du hast Recht, aber du bist ja auch nicht gerade dünn, also brauchst du mir keine Vorwürfe zu machen. Und wegen dem bisschen Sahne, das ist doch lächerlich. Also, mach keine Zi-

cken, her mit dem Schlagobers. Ich bin eine Katzenlady und darf deshalb Ansprüche haben. Wegen der kleinen Portion wird es mich schon nicht zerreißen! Du gönnst dir ja auch hie und da Leckerbissen, obwohl du das nicht dürftest. Gerade du müsstest dafür Verständnis haben. Also, liebe Stefanie, manchmal eine kleine Diätsünde, die bringt uns nicht um. Jetzt will ich sofort meinen Leckerbissen, ich liebe dich heiß dafür, schmatz!"
Schlagobers wurde umgehendst serviert. Ich musste über die Ansprüche meiner lieben Lady lächeln. Ich brauchte mir keine Gedanken mehr zu machen, was ich meiner Dame servieren soll. Sie sagt mir klipp und klar, worauf sie gerade Appetit hat. Das sind ja tolle Aussichten.
Gerade als wir so dösten, den Schlagobers hatte sie natürlich schon verspeist, kam die kleine Mira-Lu zu uns. Sie sprang auf meinen Schoß und rollte sich gemütlich zusammen. Ich streichelte sie und dachte daran, wie schön es wäre, wenn die kleine Mira-Lu auch mit mir plaudern würde. Das wäre ein Hit!
„Sie ist noch zu jung, das habe ich dir schon gesagt, aber verstehen kann sie uns", hörte ich Cosma-Fee sagen.
Tatsächlich konnte meine Mieze Gedanken lesen, da muss ich in Zukunft aber höllisch aufpassen.
„Und wie unterhältst du dich mit der kleinen Mira-Lu?"
„Ganz einfach, meine Liebe, auf kätzisch, wie wohl sonst!"
Na klar, auf kätzisch, wie denn sonst! Das war es!
Jetzt saß ich mit meinen beiden Lieblingen in der milden Herbstsonne und freute mich meines Lebens. So

betrachtet, hatte ich nun eine schöne Zeit vor mir. Vor allem werde ich nie mehr einsam sein. Es ist nun immer jemand da, der mich anhören wird und mir antwortet.
„Das ist schon richtig, aber ich möchte nicht, dass ich der einzige Ansprechpartner bin, denn du bist ein Mensch und ich eine Katze. Das solltest du nicht vergessen. Deine Freunde sollen auch deine Freunde bleiben, denn alles kann ich mit dir nicht besprechen. Es gibt Dinge, von denen eine Miezekatze nichts versteht, da sind deine Menschenfreunde zuständig. Ich kenne einige deiner Freunde, die sind wirklich in Ordnung. Ich könnte dir genau sagen, bei wem du vorsichtig sein musst und wem du voll trauen kannst. Aber das ist im Moment nicht so wichtig. Komm, dösen wir weiter und denke nicht dauernd an die verschiedensten Dinge, du störst mich bei meinen Nickerchen."
Nein, das wollte ich nicht!
Nun faulenzten wir alle drei in den Nachmittag hinein, und keiner sprach, beziehungsweise maunzte ein Wort. So verging der Nachmittag und der Abend. Wir freuten uns, dass wir eine kleine Familie waren und es uns sehr gut ging. Unsere Welt war vollkommen in Ordnung.
So verging die Zeit, und der Herbst kam ins Land. Es war eine schöne Zeit mit all ihrer Farbenpracht. Die Tage wurden schon allmählich kürzer, auch die Sonne verlor langsam an Kraft.
Wir verbrachten unsere Zeit gemütlich zu Hause, mit Spielen, Schlafen, Schlagobers verspeisen und allerlei Dingen. Ich unterhielt mich oft stundenlang mit Cosma-Fee, während die kleine Mira-Lu uns immer

neugierig zuhörte. Sie verstand bestimmt alles und hätte wahr-scheinlich gerne mitgeplaudert, wenn sie sich nur ge-traut hätte. Cosma-Fee meinte zwar, dass sie das nie tun werde, denn sprechende Miezen gebe es nur ganz selten. „Wie ein Sechser im Lotto", meinte sie altklug.

„Ja, ein Sechser im Lotto, der Vergleich passt!", meinte ich.

„Hast du noch nie davon geträumt, einer ‚Sechser' zu gewinnen?", fragte mich Cosma-Fee zu diesem Thema. Ich bin erstaunt, was meine Cosma-Fee alles weiß, einfach unglaublich.

„Aber natürlich, jeder träumt davon. Das wäre ja wirklich etwas Tolles, so ein Lottogewinn.

Oder wie siehst du das?"

„Ja, das wäre ein Hammer, aber die Realität sieht leider etwas anders aus. Die Wahrscheinlichkeit eines Sechsers ist genauso groß wie ein Sechser im Lotto."

„Aber Cosma-Fee, das ist doch albern", lachte ich.

„Eine etwas größere Wohnung mit einer Riesenterrasse und einem eigenen Katzenzimmer mit großen hohen Kratzbäumen, das wäre nicht zu verachten!", dachte meine Katze laut nach, „auch ich habe manchmal Träume, die ich mir gern erfüllen würde, wie das eben so ist!"

„Na, siehst du, jetzt beginnen wir beide schon zu träumen. Aber was hilft uns das alles, wir haben dieses Glück bestimmt nicht. Aber ein klein wenig ans große Glück zu denken, ist uns gestattet. Das ist ja auch etwas Schönes. Wir brauchen unsere kleinen und großen Wünsche, sonst wäre es ganz trostlos, das gehört einfach zum Leben. Alle Menschen und vielleicht auch die

Tiere machen das, nur sind die Wünsche und Hoffnungen eben verschieden", erklärte ich meiner Cosma-Fee-Katze.
„Und ob die Wünsche verschieden sind! Eine Hauskatze auf dem Land kann mit der schönsten Wohnung nichts anfangen, wenn der Futtertopf immer leer ist und kein Mensch sich um sie kümmert. Ihre Träume und Wünsche sehen ganz anders aus. Einer armen Katze ist ein reichlicher Mäusefang wichtiger als ein Kratzbaum, noch dazu, wenn sie ein paar Katzenbabys zu versorgen hat. Es geht leider nicht allen Katzen so gut , dass sie ihr Futter serviert bekommen, so wie Mira-Lu und mir. Darum sind wir ja etwas übergewichtig, weil wir keine Herausforderung kennen. Oder hast du schon einmal eine dicke Katze auf dem Feld gesehen?", fragte mich Cosma-Fee.
„Nein, ich habe noch keine gesehen. Du allerdings kannst ja auch noch keine gesehen haben, du lebst seit Katzengedenken immer nur bei Menschen, die dich lieben und gut zu dir sind."
„Das hat mir die kleine Mira-Lu erzählt. Die hat ja ihre ersten Lebensmonate auf einem Bauernhof gelebt. Ihr selbst ist es sehr gut gegangen, denn sie wurde dort sehr geliebt. Sie hat allerdings auch andere Dinge erlebt. Ihr Vater, er war der prächtigste Langhaarkater im ganzen Dorf, wurde von einem Auto niedergefahren, weil er über die Straße wollte. Du kannst dir ja vorstellen, wie traurig das für die kleine Mira-Lu war. Bei uns gefällt es ihr aber sehr gut, obwohl sie die ersten Wochen schon sehr Heimweh hatte. Ich werde dir einmal alles erzählen, was ich von

der kleinen Mira-Lu weiß. Ich muss sie erst fragen, ob ihr das auch recht ist, aber ich denke schon, denn sie mag dich wirklich sehr. Das hat sie mir schon oft gesagt, und manchmal ist sie ganz schön eifersüchtig auf mich, wenn du mich liebkost."

„Das ist sehr interessant, was du mir da erzählst, ich komme aus dem Staunen nicht heraus. Da merke ich erst, dass ich von euch sehr wenig weiß. Das wird sich aber wahrscheinlich bald ändern, ich bin sehr froh, das Glück zu haben, euch beide zu besitzen.

Das ist für mich sehr schön."

„Hast du eben gesagt, dass du uns besitzt? Irrst du dich da nicht? Ist es nicht so, dass wir, die kleine Mira-Lu und ich, dich besitzen? Sicher, du lässt es uns gut gehen und wir haben keinen Grund zur Klage, aber ich sage es dir, wie es ist: du gehörst uns, auch wenn es für dich nicht so aussieht. Wir haben dich erwählt. Wir hätten schon längst das Weite gesucht, wenn es uns bei dir nicht gefallen würde. Sieh mich jetzt nicht so entsetzt an, liebe Stefanie, sei nicht böse, so todernst ist das ja nicht gemeint, wir wollen ja auch ein bisschen Spaß miteinander haben. Wir sind wirklich sehr gerne bei dir, wir könnten uns nichts Besseres wünschen. Aber trotz-dem, wir bleiben dabei: du gehörst uns, der kleinen Mira-Lu und mir!"

Cosma-Fee sah mich mit ihren bernsteinfarbenen Augen strahlend an, und irgendwie hatte ich den Eindruck, dass sie lächelte. Eine Mieze, die lächelt. Jetzt geht wirklich meine Phantasie mit mir durch. Das ist mir aber egal. Ich sage: meine Cosma-Fee lächelt!

„Nun gut, ich habe dich verstanden. Ich gehöre euch. Ist das richtig?", fragte ich.

„Ich sehe, wir sind uns wieder einmal einig, das ist toll!“, freute sich meine Cosma-Fee.
So verging die Zeit, die Tage wurden schon kühler, und wir konnten nicht mehr jeden Tag auf der Loggia verbringen. Es dauerte dann auch nicht mehr lange, bis wir die Heizung aufdrehen mussten. Das war herrlich für meine beiden. Die Heizkörper beim Fenster wurde der neue Lieblingsplatz, denn erstens war es dort katzenwarm, und zweitens konnte man beim Fenster hinaussehen. Ich platzierte weiche Polster auf das Fensterbrett, damit Cosma-Fee und die kleine Mira-Lu es warm und gemütlich hatten.
Die kleine Mira-Lu war nun schon ein gutes Jahr alt und zu einer stattlichen Miezekatze herangewachsen. Sie ist eine richtige Schönheit geworden. Sie steht Cosma-Fee um nichts nach, obwohl diese eine echte Perserkatze ist, mit allen zugehörigen Standards. Mira-Lus Fell ist seidig, fein und langhaarig. Ihre dicken Beinchen und ihr Gesichtchen sind schneeweiß, der Rücken, die Ohren und das Köpfchen silbergrau getigert. Ihre Vorfahren waren alle langhaarig und mit Angorakatzen verwandt. Mit ein bisschen Phantasie könnte man die kleine Mira-Lu, die jetzt nicht mehr klein ist, für ein Katzenkind meiner Cosma-Fee halten, so wunderschön ist sie!
An einem düsteren Regentag saßen wir im Wohnzimmer und gingen unseren Beschäftigungen nach. Die kleine Mira-Lu spielte mit ihren Fellmäusen, Cosma-Fee sah ihr aus sicherer Entfernung zu. Manchmal war Mira-Lu so ungestüm, dass Cosma-Fee von Fall zu Fall auf den Kratzbaum flüchten musste. Wenn die kleine

Mira-Lu spielte, vergaß sie die Welt um sich herum, da kam es schon vor, dass sie die arme Cosma-Fee einfach umrannte, was manchmal in ein kätzisches Gefecht ausartete. Da flogen die Haare nur so herum, dass ich nachher immer mit dem Staubsauger ausrücken musste, um die Kampfspuren zu beseitigen. Und auch diesmal, wie schon zu ahnen war, stürzte sich Mira-Lu mit voller Kraft auf die ahnungslose Cosma-Fee.

„Muss das sein, dass ihr dauernd catcht, als wenn ihr die größten Feinde wärt? Könnt ihr euch nicht wie Wohnungskatzen benehmen?“, rügte ich die beiden Kampfhähne.

„Das ist kein Kampf“, belehrte mich Cosma-Fee. „Wohlgemerkt, das ist nur eine reine Kraftprobe, die brauchen wir manchmal. Aber allmählich wächst mir dieser kleine Derwisch langsam über den Kopf. Ich bin ja nicht mehr die Jüngste und auch nicht mehr so schnell wie früher. Manchmal kostet es mich viel Überwindung, dass ich ihr nicht ordentlich eine lange, damit sie nicht so grob ist. Sie ist nämlich schon sehr stark geworden und hat viel Kraft, das ist ihr gar nicht bewusst. Am besten, ich zeige ihr einmal, wer hier der Boss ist!“

Darüber musste ich herzlich lachen, denn Mira-Lu schien diese Rüge überhaupt nicht zu hören. Sie tobte weiter mit ihren Fellmäusen durch das Zimmer, und plötzlich attackierte sie wieder die arme Cosma-Fee ganz fürchterlich.

„Mira-Lu!“, rief ich ihr zu „jetzt ist aber Schluss damit, lass Cosma-Fee in Ruhe, sie ist schon ganz erschöpft!“

Und siehe da, die kleine Mira-Lu trollte sich beleidigt auf das Fensterbrett zurück. Das hätte ich nicht

gedacht, aber das sagte mir, dass sie mich sehr gut verstand.
„Jetzt kommt wieder diese trostlose Zeit, wo es am Morgen lange nicht hell wird, dafür ist es am späten Nachmittag schon wieder finster. Und Weihnachten ist auch noch so weit weg; wir müssen uns etwas einfallen lassen, damit die Zeit etwas kurzweiliger wird. Hast du einen Vorschlag, was wir machen könnten?“, fragte mich Cosma-Fee.
„Leider fällt mir im Moment nichts ein, was wir unternehmen könnten. Oder hast du schon etwas im Hinterkopf, was uns weiterhelfen könnte?“
„Nichts Konkretes, Stefanie, nur so ein Gedanke, nichts Bestimmtes. Ich weiß nicht genau, ob du damit etwas anfangen kannst!“
„Los, Cosma-Fee, verrate mir deine Gedanken oder Ideen, vielleicht ist etwas dabei, was uns beiden gefällt. Komm, sage es mir, bitte!“
„Wenn du mich so bittest“, erwiderte sie, „gebe ich mir einen Ruck und verrate dir, was ich mir so gedacht habe. Du darfst mich aber nicht auslachen, es ist ja nur eine Idee, weiter nichts. Wenn sie dir nicht gefällt, lassen wir uns eben etwas anderes einfallen. Gilt das? Wenn du mich aber auslachst, lasse ich mir nichts mehr einfallen.“
„Warum soll ich dich auslachen, und wenn ich lache, so ist das nicht böse gemeint. Aber, Ehrenwort: so verrückt die Idee auch sein wird, ich werde dich nicht auslachen!“, versprach ich ihr.
„Ich habe gewusst, dass ich mich auf dich verlassen kann. Halte dich fest und höre mir zu. Wie wäre es,

Stefanie, wenn du über mich eine Geschichte schreiben würdest. Das wäre echt cool!“, erklärte sie mir.
Jetzt musste ich halt doch herzlich lachen. Cosma-Fee stapfte beleidigt in Richtung Fensterplatz und sah mich nicht einmal mehr an, so gekränkt war sie.
„Cosma-Fee, mein liebes Kätzchen, komm zu mir, ich habe nicht über deine Idee gelacht, wirklich nicht. Glaube mir, meine liebe Mieze!“, wollte ich sie zu mir locken.
„Worüber denn sonst?“, fragte sie vom Fenster herüber, ohne sich nach mir umzudrehen.
„Die Idee war es nicht, Cosma-Fee, die finde ich sogar prima, nur den Ausdruck: „das wäre echt cool“, den finde ich so lustig, weil er gar nicht zu einer Katze passt. Wo hast du das gehört?“, wollte ich wissen.
„Von dir, Stefanie, du gibst manchmal solche Wörter von dir!“, entgegnete sie, nicht mehr so beleidigt.
Sie kam von ihrem Plätzchen herunter und sah mich fragend an.
„Du meinst, die Idee wäre nicht so schlecht? Meinst du das ehrlich?“, sie war ganz aufgeregt und sprang zu mir auf den Tisch.
„Cosma-Fee“, sagte ich zu ihr, „was machst du auf dem Tisch? Du weißt ja, das darf man nicht!“
„Ja, ja, ist schon gut, aber wenn du nicht zu Hause bist, liegen wir den ganzen Vormittag heroben!“
Jetzt war ich sprachlos, dazu konnte ich nichts sagen.
„Also, was ist mit meiner Idee, sag schon, ist sie gut? Können wir damit etwas anfangen?“, fragte sie mich neugierig.
„Du bist eine sehr kluge Katze. Nichts gegen diesen Vorschlag, aber ich kann damit nicht viel anfangen.

Obwohl wir schon sehr lange beisammen sind, würde ich mit einer Seite das Auslangen finden. Ich fürchte, mir wird nicht viel einfallen“, klärte ich meine Mieze auf.
„Paperlapap, das ist eine Ausrede, mit der du bei mir nicht durchkommst. Wir machen das so: Ich diktiere und du schreibst. Damit ist das Problem gelöst, meine liebe Freundin!“
„Aber wie soll ich mit meiner alten klapprigen Schreibmaschine tippen, die funktioniert nicht sehr gut, du weißt ja, das „R“ bleibt immer hängen. Auch der Anschlag ist sehr hart, das wäre eine höllische Plage. Nein, meine Liebe, das kann ich nicht. Da würden wir ein Jahr brauchen, bis wir das schaffen. Es tut mir sehr Leid, aber das wird nicht gehen, schade, schade!“
Damit hoffte ich, sie zufrieden zu stellen.
Da hatte ich mich aber gewaltig geirrt. Sie ließ nicht locker. Sie kam ganz nahe zu mir heran, schmiegte sich zärtlich an mich und maunzte:
„Stefanie, bitte, diese Schreibmaschine soll doch nicht unser Problem sein! Ich mache dir einen Vorschlag: Entsorge dieses Gerät, wenn es nicht mehr funktioniert, und kaufe dir einen Computer!“
Ich muss sagen, das war zu viel für mich. Woher wusste sie, was ein Computer ist? Ich fragte sie gar nicht, denn ich hätte bestimmt nur eine altkluge Antwort bekommen.
„Du faselst ja schon die ganze Zeit davon“, klärte sie mich auf, „also, jetzt bietet sich die Gelegenheit, und du hast einen guten Grund dafür. Ich will keine fadenscheinigen Ausreden mehr hören. Okay?“

Das hat man nun davon, wenn eine Katze auch Gedanken lesen kann. Ich holte tief Luft, um mich zu wehren, aber sie unterbrach meine Gedanken mit:
„Na los, das machen wir. Du kannst maschinenschreiben und die Gebrauchsanweisung eines Computers lesen, ich sehe kein Problem mehr. Du wirst sehen, das kriegen wir toll hin. Du hast ja keine Ahnung, was mir alles durch den Kopf geht. Wir werden von mir, von Beautiful, Mira-Lu und allerlei Erlebnissen schreiben, die du noch gar nicht weißt. Ich freue mich jetzt schon darauf!“, maunzte sie hocherfreut.
Nun konnte ich nichts mehr dagegen sagen, es wäre sinnlos gewesen. Cosma-Fee wäre wahrscheinlich immer wieder etwas dazu eingefallen.
So marschierte ich am nächsten Tag in die Stadt, um einen Computer zu kaufen. Zu Hause angekommen, wartete Cosma-Fee schon ganz aufgeregt und sagte:
„Hast du alles erledigt? Hast du auch gleich einen Drucker mitgenommen, den brauchen wir ja auch. Und nicht zu vergessen, wir brauchen auch Papier für unseren Computer!“
„Alles okay, meine Liebe, du hast mich total durcheinander gebracht mit deiner Idee. Ich bin gespannt, wie das jetzt weitergeht. Aber es wird ein Spaß werden, es kann ja praktisch nichts schief gehen. Irgendwie bin ich auf deine Geschichte schon neugierig. Jetzt muss ich mir unsere neue Errungenschaft einmal genau ansehen und ausprobieren, wie das funktioniert, dann kann die Sache losgehen!“
„Siehst du, Stefanie“, meinte meine Katze zufrieden, „so mag ich dich. Du wirst sehen, das wird ganz super

werden. Jetzt will ich aber eine Riesenportion Schlagobers. Das muss drin sein!“
Ich muss so entgeistert geschaut haben, denn nun grinste, jawohl, grinste sie mich schelmisch an.
„Du kennst ja meine Ansicht in puncto Schlagobers, aber du lässt ja nicht locker. Na gut, eine kleine Portion, ja?“
„Nein, eine riesengroße Portion, Stefanie, sonst fällt mir nichts ein. Das brauchen meine Gehirnzellen!“, forderte sie mich auf.
Erpressung!
Ich gab mich geschlagen.
Was hätte ich tun sollen?
Ich beschäftigte mich noch einige Tage mit der Anleitung für unser neues Prunkstück. Nach zirka einer Woche war ich dann so weit, dass ich meinen Computer schon etwas im Griff hatte. Am nächsten Morgen nach dem Frühstück für uns drei, sagte ich ganz feierlich zu meinen beiden Katzendamen:
„So, meine Herrschaften, jetzt geht es los, wir fangen an!“
Ich dachte, Cosma-Fee würde vielleicht vor lauter Freu-de auf meinen Tisch springen, aber was hörte ich da zu meiner Überraschung?
„Wurde ja auch Zeit, eine ganze Woche hast du vertrödelt. Und noch etwas: Alle fünf Seiten bekomme ich eine Extraportion, na, du weißt schon, was ich meine, riesengroß!“
„Cosma-Fee, ich befürchte, am Ende unserer Geschichte wirst du wahrscheinlich zehn Kilo wiegen und fettsüchtig sein!“, erklärte ich.

„Das geht sich locker aus, da habe ich ja noch vier Kilo gut. Also keine Panik. Bevor wir nun beginnen, bekomme ich meinen Schlagobers. In Zukunft lass mich nicht immer darum bitten, das muss zum Service gehören!"
Da fragt man sich wirklich: Wer ist hier der Boss?
Ich nahm meinen neuen „Arbeitsplatz" ein, Cosma-Fee setzte sich gemütlich in Reichweite, die kleine Mira-Lu verzog sich auf das Fensterbrett, um uns bei unserer Schreiberei zu beobachten.
„So, jetzt wird es Ernst, nun geht es los. Das wird bestimmt unterhaltsam werden. Cosma-Fee, meine liebe Katze, nun bist du an der Reihe!"
„Bin ich auch dabei?", tönte es vom Fenster herüber.
Ich brachte vor Schreck keinen Ton heraus. Das war ja die kleine Mira-Lu.
„Beruhige dich wieder, das habe ich ihr in der letzten Woche gelernt, weil sie dir eine Freude machen wollte!", verriet mir Cosma-Fee ganz ernsthaft.
Nun wusste ich es ganz sicher: Ich habe die klügsten Miezekatzen der Welt.

DAS ERSTE JAHR

An meine Katzenkindertage kann ich mich erstaunlicherweise noch sehr gut erinnern. Es ist ja allgemein bekannt, dass Katzen ein sehr gutes Gedächtnis haben. Wir Katzen vergessen nichts, absolut nichts.
Meine Mama war eine rauchblaue Perserkatze moderneren Typs, das heißt, sie hatte nicht das ausgeprägte flache Perserkatzen-Gesicht, sondern viel weichere, rundere Züge. Sie war die schönste Katze der Welt. Nie in meinem Leben habe ich eine schönere Katze gesehen.
Aber ehrlich, hat nicht jedes (Katzen)Kind die schönste Mama? Na, also, das ist klar. Wir, meine Mama und meine Schwester Camara wohnten in einer sehr schö-nen Gegend am Stadtrand von Wien. Unsere Futter-menschen waren lieb und gut zu uns und ließen es uns an nichts fehlen. Wir wurden verwöhnt nach Strich und Faden. Das war ja auch kein Wunder, denn wir waren ja wirklich eine reizende Gesellschaft.
Die Dame des Hauses hieß Sarah, ihr Ehegatte dagegen schlicht und einfach Carl. Sie nannte ihn aber immer zärtlich „Charlie“, was uns Kätzchen immer königlich amüsierte. Wir kamen uns vor wie bei der High Society, wo wir aber noch nie waren.
Wir hatten ein niedliches Katzenhäuschen, mit weichen Kissen drinnen. Es hatte Fenster, wo man super rangeln und spielen konnte. Das Leben war ein einziges Fest für uns. Es bestand aus Spielen, Herumtoben, Fressen – und natürlich Schlafen.

Unsere Mama hatte den schönen Namen Jasmine und lebte schon längere Zeit bei Sarah und Charlie. Sie war der absolute Liebling der beiden.
Als wir beide, Camara und ich auf die Welt kamen, war das Glück für die beiden vollkommen. Mein Schwester-chen Camara war schneeweiß, hatte ein seidenweiches Fell und sah aus wie eine Puderquaste, so flaumig war sie. Ich hingegen sah meiner Mama ähnlich. Es war wirklich eine Pracht, uns drei zu sehen. Aber leider ist kein Glück vollkommen. Gerade als wir anfingen, unser Leben in vollen Zügen zu genießen, hörte ich eines Abends folgendes Gespräch:
„Charlie, was sollen wir machen? Wir können uns doch nicht drei Kätzchen leisten. Du weißt ja, wie verwöhnt unsere Jasmine ist, wir würden wahrscheinlich die beiden jungen Kätzchen genauso verwöhnen. Ich weiß wirklich nicht, was wir tun könnten, um dieses Problem zu lösen. Zwei Miezen könnten wir uns gerade noch leisten, aber drei Katzen in einem kleinen Haushalt, das ist schon schwierig."
„Ach, Sarah, daran habe ich natürlich auch schon gedacht. Wie du sagst, es ist ein Jammer. Cosma-Fee und Camara sind jetzt acht Wochen alt. Ich kann mir gar nicht vorstellen, sie weggeben zu müssen. Mir bricht das Herz bei diesem Gedanken!", sagte Charlie sehr traurig.
„Du hast Recht, mein lieber Mann, aber wie schon gesagt, drei Miezekatzen sind für unseren kleinen Haushalt wirklich zu viel. Lass uns darüber schlafen, vielleicht finden wir eine Lösung, die für uns alle gut ist."

Am nächsten Morgen waren die beiden beim Frühstück sehr wortkarg. Ich würde sogar sagen, sie waren sehr bedrückt und wagten nicht einmal, uns anzusehen. Heute kann ich ihnen nachfühlen, wie den beiden zumute war. Sie waren sehr unglücklich. Immer wieder riskierte Sarah einen Blick auf uns und sah uns sehr lieb an. Die Arme hatte ja keine Ahnung, dass ich ihr Gespräch gehört und verstanden habe. Uns dreien tat die arme Sarah natürlich auch sehr Leid. Auf einmal bekam ich schreckliche Angst vor der Zukunft. Was wird aus uns werden, wenn Sarah uns nicht mehr behalten kann.
„Camara“, sagte ich auf kätzisch zu meinem kleinen Schwesterchen, „wir müssen ganz brav und artig sein, damit wir hier bleiben können bei unserer Mama und Sarah. Vielleicht geschieht noch ein Wunder.“
Meine kleine Camara versprach mir, alles zu tun, damit wir nicht weg müssen.
„Ich habe über unsere Kätzchen nachgedacht, Charlie, ich glaube, ich weiß einen Ausweg“, hörte ich Sarah beim Frühstück zu ihrem Gatten sagen, „wir geben eine Annonce auf, so können wir die neuen Besitzer immer etwas im Auge behalten, so dass wir auch nachprüfen können, ob es unseren Miezen auch gut geht. Was hältst du davon?“
„Ja, das ist in Ordnung. Nach einiger Zeit sehen wir dann schon, wie es läuft und können sie immer noch zurückholen, wenn es nicht klappt.“
„Gut, dann gehe ich jetzt einmal in die Redaktion und gebe ein Inserat auf.“
„Und, was schreibst du?“, wollte Charlie wissen.

„Zwei wunderschöne Perserkätzchen, weiß und rauchblau, ohne Papiere, beide weiblich, an Katzenliebhaber abzugeben“, sagte Sarah sehr traurig.
Sarah gab Charlie ein Küsschen, bevor sie sich auf den Weg machte. Den beiden war wirklich sehr schwer ums Herz. Als Sarah weg war, nahm uns Charlie alle drei auf seinen Schoß, streichelte und liebkoste uns. Dicke Tränen liefen über sein Gesicht. Da wusste ich, dass unsere schöne Zeit bei Sarah und Charlie zu Ende ging. Ganz traurig schmiegte ich mich in der folgenden Nacht an meine Mami und Camara. In dieser Nacht habe ich sehr geweint.
Die nächsten Tage tat sich nichts. Einfach gar nichts. Ich begann langsam wieder zu hoffen, dass sich doch niemand für uns interessiert. Aber diese Hoffnung erfüllte sich leider nicht.
Einige Tage später hörte ich, wie Sarah telefonierte.
„Ja“, sagte sie, „hier sind Sie richtig, wir haben zwei Perserkätzchen. Kommen Sie einfach zu uns und sehen sich die Kätzchen an.“
Sie gab noch ihren Namen und die Adresse bekannt, und unser Schicksal nahm seinen Lauf. Ich war todunglücklich, Was würde nun aus mir und Camara werden? Hoffentlich bekommt mein Schwesterchen einen guten Platz, denn die Kleine ist die Schwächere von uns beiden. Der Gedanke, dass ich auch neue Menschen bekommen werde, gefiel mir gar nicht. Ich wollte nicht daran denken. O Jammer, was wird nun auf uns zukommen?
Unsere Mama Jasmine war genauso traurig wie wir. Sie hatte so viel Freude mit uns und glaubte zuerst, wir könnten bei ihr bleiben.

„Cosma-Fee, Camara, ich bin sehr betrübt, dass ich euch hergeben muss. Ich weiß aber, dass ihr euren neuen Menschen bestimmt viel Freude machen werdet. Mir ist es auch einmal so ergangen, und ich habe großes Glück gehabt. Ihr werdet sehen, es wird alles gut gehen. Das ist eben das Los von uns Katzen, damit müssen wir uns abfinden. Denkt einmal, wie schlecht es all den ausgesetzten Katzerln geht, oder es gibt auch solche, die in einem Tierheim landen. Da haben wir es trotzdem besser. Das ist zwar kein Trost für uns, aber wir können nichts dagegen tun. Sarah wird schon darauf achten, dass ihr in gute Hände kommt. Darauf könnt ihr euch verlassen."
Der nächste Tag kam. Am Vormittag läutete es an der Tür. Wir zuckten zusammen und hatten schreckliche Angst. Ich zitterte am ganzen Körper. Mama begann uns vor Aufregung zu waschen und zu putzen. Sie war fix und fertig. Sie spürte natürlich unsere Angst.
Sarah öffnete die Türe. Eine junge hübsche Dame betrat unser Vorzimmer. Ehrlich gestanden, sie gefiel mir auf Anhieb. Sie war groß und hatte blondes schulterlanges Haar mit schönen Locken, die ihr Gesicht lieblich umrahmten. Sarah bat sie herein und führte sie zu unserem Katzenhäuschen. Wir versteckten uns im hintersten Winkel, aber das nützte uns leider nichts. Sarah nahm uns beide auf den Arm und präsentierte uns. In ihren Augen sah ich, dass sie nicht sehr froh war dabei.
„Oh, wie entzückend und lieb die beiden sind. Da fällt mir die Auswahl schwer. Die kleinere Miezekatze sieht aus wie eine Schneeflocke, ich bin ganz hingerissen.

Wissen Sie, ich lebe ganz alleine, und mein größter Wunsch war immer, eine Katze zu haben, die ich lieb haben und verwöhnen kann. Nur konnte ich mich bisher noch nicht dazu aufraffen. Gestern habe ich zufällig die Annonce in der Zeitung gelesen, da dachte ich, das ist ein Wink, ich schaue mir die Kätzchen an. Ich muss Ihnen sagen, ich freue mich so, dass ich hergekommen bin. Aber welche von diesen beiden Schönheiten soll ich nur nehmen? Die graue Katze hat wunderschöne, bernsteinfarbene Augen und einen Blick, einfach süß!"

„Kommen Sie, jetzt nehmen Sie einmal Platz, ich mache Kaffee, und dann werden Sie vielleicht schon wissen, welche von den beiden Sie haben wollen. Wir machen einen Test: Sie locken die Kätzchen, und die Katze, welche zuerst auf Sie zukommt, die behalten Sie. Dann können Sie sagen, die Katze hat Sie auserwählt", meinte Sarah.

„Ja, das ist es, denn ich könnte mich wahrscheinlich nicht entscheiden, dazu sind beide zu lieb!"

Während die beiden Kaffee tranken, sagte Mama Jasmine zu Camara: „Mein liebes Kind, das ist deine Chance. Mein Instinkt sagt mir, dass es dir bei dieser jungen Dame bestimmt gut geht. Ich will, dass du einen Superplatz bekommst. Cosma-Fee ist etwas stärker und robuster, darum wäre ich froh, wenn ich mein kleines Camaramädchen in guter Obhut wüsste. Ich liebe dich mit meinem ganzen Katzenherzen, ich weiß, ich kann dir nicht helfen, ich möchte nur dein Bestes. Wenn es mir auch schwer fällt, Camara, aber wenn sie euch zu sich lockt, dann lauf schnell auf sie zu!"

Gott sei Dank wussten Mama und Camara nicht, wie mir war. Aber es stimmte schon, wie es Mama gesagt hatte.
Nachdem die beiden Damen ihren Kaffee getrunken hatten, wandte sich das blonde Fräulein uns zu.
„Wer von euch beiden hübschen Kätzchen möchte sein Leben mit mir teilen? Es ist mir egal, welche von euch beiden zu mir kommt, ihr seid so schön, dass ich mich nicht entscheiden kann. Mieze, Mieze, wer kommt zu mir?“, sagte sie zärtlich.
Camara stand wie angewurzelt, sie machte keinen Schritt.
„Camara, mein Schwesterchen, das ist deine Chance, lauf hin zu ihr, ich meine es gut mit dir“, flüsterte ich ihr zu.
Und wirklich: Camara ging langsam mit hoch erhobenem Köpfchen stolz auf ihre neue Besitzerin zu.
„Meine liebe kleine Schneeflocke, komm her zu mir, ich bin hocherfreut über dich!“, jubelte Sabella, so hieß die junge Frau.
Sie drückte Camara fest an sich und liebkoste sie stürmisch.
„Wann kann ich sie holen?“, fragte sie Sarah, „sie ist ja erst neun Wochen alt, da sollte sie schon noch eine Zeit bei ihrer Katzenmama bleiben, obwohl ich sie am liebsten sofort mitnehmen würde.“
„In drei Wochen ist sie groß genug, dann können Sie Camara holen“, antwortete Sarah.
Sabella verabschiedete sich, nahm meine kleine Schwester noch einmal auf den Arm und liebkoste sie.

„Ich freue mich schon wahnsinnig auf dich, auf Wiedersehen, meine Schneeflocke! So werde ich dich nennen, denn dieser Name passt toll zu dir!“
In der kommenden Nacht schlief ich fast nicht. Immer wieder musste ich daran denken, dass ich nur mehr drei Wochen mit Camara beisammen bin. Trotzdem war ich froh, dass ich ihr den Platz überlassen habe, es beruhigte mich ein bisschen. Wer weiß, was mir noch blühte, aber ich bin die Stärkere, ich werde mich schon durchsetzen.
Und wieder verging ein Tag. Es war aber nicht mehr so wie vorher. Alle waren traurig: Sarah, Charlie, unsere Mama Jasmine und wir beide, wir alle spürten die Veränderung.
Die nächsten Bewerber meldeten sich an. Diesmal war die Sache schon anders. Jetzt war nur noch ich zu vergeben, das konnte unter Umständen schlecht ausgehen.
Eine Frau mit zwei kleinen Kindern waren die nächsten, die uns sehen wollten. Schon der Anblick versetzte uns in Angst und Schrecken. Die beiden Kinder stürzten sich auf uns und knuddelten uns, das war aber nicht mehr lustig. Die beiden Buben hatten überhaupt kein Gefühl. Meine kleine Camara flüchtete sich in ihr Katzenhäuschen, und ich wehrte mich mit einem kräftigen Prankenhieb.
„Au weh, das ist aber eine böse Katze, die will ich nicht, ich will die weiße Katze!“, schrie der größere der beiden. „Wissen Sie“, sagte die Mutter dieser „braven“ Kinder, „wir wollen wieder eine Katze, unsere ist uns nämlich vor ein paar Tagen entlaufen. Ich hatte verges-

sen, ein Fenster zu schließen, da ist das Katzentier abgehauen!“
Sarah war sichtlich entsetzt über diese Frau. Ich spürte, an diese Menschen würde mich Sarah nie ausliefern, das beruhigte mich wieder.
„Haben Sie Ihre Katze nicht gesucht?“, fragte Sarah, „vielleicht hat sie jemand gefunden?“
„Ach nein“, erwiderte unser „Gast“, „diese Katze wollen wir ohnehin nicht mehr, denn sie hat meine Buben immer nur gekratzt und gebissen. Da dachte ich mir, am besten, wir kaufen gleich eine neue Katze, die nicht beißt.“
„Leider muss ich Sie enttäuschen wegen der Kätzchen, Sie sind etwas zu spät gekommen. Das weiße Kätzchen ist schon vergeben, und die graue Katze ist sehr kratzbürstig und wild, wie Sie ja eben gesehen haben. Die wollen Sie bestimmt nicht, oder?“, fragte Sarah scheinheilig. Dabei traf mich ein verschwörerischer Blick von ihr.
„Nein, diese Kratzbürste wollen wir nicht, also dann auf Wiedersehen. Ich fürchte, für diesen grauen Teufel werden Sie keinen Platz finden!“
Damit war die Sache für uns vorerst einmal erledigt.
„Solche Leute sollten sich lieber ein Stofftier nehmen, bei diesen Wildlingen. Hoffentlich kriegen sie keine Katze mehr, die wäre mehr als arm dran. Dieses arme Tierchen hat bestimmt auf eine günstige Gelegenheit gewartet, um diese nette Familie zu verlassen. Hoffentlich hat sie jemand bei sich aufgenommen, wo es ihr besser geht. Wenn sie im Tierschutzhaus gelandet ist, dann hatte sie noch Glück!“

Als wir wieder alleine waren, sprang ich voll Dankbarkeit auf Sarahs Schoß, gab ihr viel „Köpfchen“ und maunzte sie liebevoll an.
„Du brauchst dir keine Sorgen zu machen, liebe Cosma-Fee, ich passe schon auf, dass du den richtigen, den besten Platz bekommst, den man sich nur wünschen kann!“, versicherte mir Sarah.
Am nächsten Vormittag läutete es wieder an unserer Wohnungstüre. Wir versteckten uns sofort in unserem Häuschen. Wer weiß, was uns jetzt bevorstand.
Und wieder war es eine Frau und, man staune, ein junger Mann. Sie kamen ins Wohnzimmer, gerade auf uns zu. Während die Frau mit Sarah sprach, ging der junge Mann auf mich zu, nahm mich auf den Arm und sah mir in die Augen.
„Mein Gott, bist du süß! Wenn dich meine Corrina sieht, ist es um sie geschehen!“, sagte er zu mir.
„Das ist mein Sohn, er will seiner jungen Frau zu Weihnachten ein Kätzchen schenken, die beiden lieben Tiere über alles. Mike studiert Veterinärmedizin, er hat sein Leben auf die Tiere ausgerichtet. Seine Frau ist genauso eine Tierfreundin, deshalb dieses Weihnachtsgeschenk. Wir wissen, dass man Tiere als Geschenk nur dann präsentieren soll, wenn alle damit einverstanden sind und das Wohlergehen des Tieres gesichert ist.“
Und zu Mike gewandt, sagte sie:
„Ich sehe, du hast deine Traumkatze gefunden, sie ist aber wirklich süß. Sie hat ein Gesichtchen wie eine Puppe, ja genau, wie eine Prinzessin sieht sie aus. Corrina wird sich sehr freuen, wenn sie diese Prinzessin Tausendschön am Heiligen Abend bekommt.“

Genau in diesem Augenblick stolzierte Camara aus ihrem Häuschen.
„Schau, Mike, hast du dieses weiße Etwas schon gesehen?“, fragte seine Mutter.
„Ja, ein Traum, aber ich habe mich bereits in diese Prinzessin verliebt. Diese Katze, und keine andere will ich, das ist Liebe auf den ersten Blick, würde man bei uns sagen. Jetzt möchte ich nur noch gerne wissen, wie diese Schönheit heißt und wann wir sie zu uns holen können!“
„Ich bin froh, dass Sie sich für Cosma-Fee, so heißt sie, entschieden haben, denn die weiße Katze ist bereits seit zwei Tagen vergeben. In drei Wochen ist sie dann groß genug, dass Sie sie abholen können“, sagte Sarah. Ich weiß, sie meinte es gut.
„Na siehst du, Cosma-Fee, welch schönen Name du hast, ich sage es dir, wir zwei gehören zusammen!“, jubelte Mike, „meine Mutter wird sie in drei Wochen holen, denn bis zu Weihnachten wird sie dort bleiben. Dann werde ich sie meiner Corrina schenken. Das wird eine Überraschung werden. Sie wollte immer schon eine Katze. In Cosma-Fee wird sich ihr größter Wunsch erfüllen.“
Mariella und Mike schmusten noch eine Weile mit mir herum, und nach eine Weile trennten sie sich von mir. Dabei merkte ich, dass mir Mike sofort gefallen hatte. Ich hatte sofort gespürt, dass er ein großes Herz für Tiere hat. Auf einmal sah ich gar nicht mehr so schwarz. Ich hatte plötzlich das Gefühl, dass alles wieder super werden wird.

Am Abend in unserem Häuschen unterhielten wir uns mit unserer Mama. Sie freute sich, dass wir jetzt beide einen guten Platz gefunden hatten.
„Ich werde meine zwei Lieblinge nie vergessen und werde mich freuen, wenn es euch gut gehen wird. Ihr habt keinen Grund, traurig zu sein, es hätte schlimmer kommen können. Wir sind ja noch drei Wochen zusammen, darüber sollen wir froh sein. Gute Nacht, meine Lieben."
Wir kuschelten uns an unsere Mama und schliefen sofort ein.
Die nächsten drei Wochen vergingen wie im Fluge. Sarah verwöhnte uns sehr und liebkoste uns ständig. Sie war sehr unglücklich. Wahrscheinlich hatte sie auch ein schlechtes Gewissen, weil sie uns weggeben musste. Charlie lebte seine Trauer voll aus. Jedes Mal, wenn er uns hinaufnahm, begann er zu weinen. Er kränkte sich fürchterlich.
„Sarah, wenn Cosma-Fee und Camara geholt werden, gehe ich vorher weg, denn ich weiß nicht, ob ich das verkrafte. Auch unsere Jasmine wird sehr traurig sein, hoffentlich wird sie nicht krank", jammerte er.
„Es wird alles gut gehen, keine Angst. Freuen wir uns doch, dass die beiden ein schönes neues Zuhause bekommen!"
„Du hast ja Recht, aber freuen kann ich mich nicht! Nein, das kann ich nicht!"
Es war ein Sonntag, als Fräulein Sabella die kleine Camara abholte. Sie setzte sie in einen neuen Katzenkorb, wo ein rosafarbenes Seidenpolster drinnen lag. So strahlend glücklich Sabella war, so traurig waren wir alle, besonders meine kleine Schwester. Bevor sie

gingen, schmiegte ich mich noch einmal an meine Camara, wusch ihr noch einmal ihr kleines, weißes Gesichtchen und flüsterte ihr zu:
„Camara, mein Liebling, ich beneide dich, du wirst es gut haben. Ich wünsche dir nur das Beste! Auf Wiedersehen!“
Dann war ich mit meiner Mama allein. Wir weinten und trösteten uns gegenseitig. Wir wussten ja, dass ich als Nächste unser Heim verlassen musste. Aber daran wollte ich gar nicht denken.
Am nächsten Tag war es dann so weit. Mikes Mutter begrüßte mich zärtlich und sprach mit leiser freundlicher Stimme zu mir:
„Liebe Cosma-Fee, es ist ein schöner Tag für mich, weil ich dich heute endlich mitnehmen kann. Mike ist schon ganz aufgeregt, er freut sich auch schon so auf dich.“
Mir blieb fast keine Zeit mehr, um mich von meiner Mama zu verabschieden und Sarah heulte zum Steine erweichen. Charlie saß in der Küche und streichelte gedankenverloren meine Mama. Es war kein schöner Tag, das muss ich schon sagen. Aber: c’est la vie, das ist das Leben. Des einen Freud ist des anderen Leid.
Ich nahm mir vor, mein Leben von der besten Seite zu nehmen.
Mariella, ich wusste inzwischen ihren Namen, fuhr mit mir mitten durch die Stadt zu meinem vorübergehenden Zuhause. Das war eine aufregende Fahrt für mich. Ich konnte mich gar nicht satt sehen an diesen schönen Auslagen. So verging die Fahrt sehr schnell für mich.

Mariella trug mich in ihre Wohnung und befreite mich aus meinem Katzenkorb-Gefängnis. Ich wagte vor lauter Angst keinen Schritt. Aber Mariella lockte mich liebevoll zu sich und streichelte mich ganz zärtlich. Ich spürte, dass sie mich mochte. Sie setzte mir sehr gutes Futter vor und redete mir gut zu, es zu verspeisen. Aber ich brachte keinen Bissen hinunter. Das war eben alles zu viel für mich. Ich verkroch mich in meinen Korb, rollte mich zusammen und wollte meine Ruhe haben. Immer wieder dachte ich an meine Mama und an meine kleine Schwester, ich wusste, sie würden auch an mich denken.

In der folgenden Nacht weinte ich leise vor mich hin. Mariella hörte mein Wimmern und holte mich zu sich ins Bett.

„Komm her, meine Kleine, ich habe dich so gern, schlaf jetzt schön und sei nicht so traurig. Es ist alles in Ordnung, es wird dir nichts geschehen, das verspreche ich dir!“

Sie liebkoste und streichelte mich in den Schlaf.

Am nächsten Morgen sah die Welt für mich nicht mehr so trostlos aus. Ich hatte einen Mordshunger und vergaß darüber meine Traurigkeit. Mariella freute sich sichtlich, dass ich so gut bei Appetit war. Es ist gar nicht so schlimm, wie ich zuerst dachte, anderen Katzen geht es bestimmt auch nicht besser. So gesehen war mein Schicksal gar nicht so schlecht, so nahm ich das Leben wie es ist.

Mariella und ich freundeten uns an, und ich muss sagen, es gefiel mir bei ihr. Dabei wusste ich ja, dass ich nur bis Weihnachten hier war. Nachdem ich aber

Mike schon kannte, sah ich der Zukunft gelassen entgegen.
„Weißt du, Cosma-Fee, eigentlich will ich dich gar nicht mehr hergeben, weil ich dich so lieb gewonnen habe. Aber ich kann dir sagen, Corrina wird ganz verrückt nach dir sein, sie wird dir auch gefallen. Ich werde dich natürlich so oft wie möglich besuchen!"
Es ging mir wirklich gut bei Mariella, ich hatte keinen Grund, unzufrieden zu sein. Aber ich dachte immer noch sehr oft an meine Mama und an Camara. Sie dachten bestimmt auch an mich.
Weihnachten rückte immer näher. Was wird geschehen? Wie wird Corrina aussehen, werde ich ihr gefallen? Sie hat ja keine Ahnung, dass ich die Weihnachtsüberraschung bin. Na, sie wird aber schauen. Mike kam mich jeden Tag besuchen, damit ich ihn schon kenne, wenn ich zu ihnen übersiedle.
Und dann war Heiliger Abend. Mariella war so nervös, dass sie fast vergessen hätte, mich zu füttern. Sie spielte den ganzen Vormittag mit mir, drückte mich immer wieder an ihre Brust und weinte. Da ich ja in der Familie bleiben würde, hatte ich keine Angst, es konnte mir ja nichts passieren. Mariella würde mich sofort holen, wenn es mir nicht gefiel.
Am späten Nachmittag kam Mike und brachte einen wunderschönen Katzenkorb mit. Ein hellblaues Polster war darinnen, Mike setzte mich behutsam in den Korb und machte das Türchen zu. Das gefiel mir zwar weniger, aber er machte das nur zu meiner Sicherheit. Mariella fuhr natürlich mit, weil sie mit uns Weihnachten feierte. Ich war auf einmal wieder ganz aufgeregt.

Wieder einmal fuhren wir durch die Stadt. Endlich hatte die Fahrt ein Ende, denn mir war gar nicht wohl dabei, denn Mike fuhr etwas flotter als seine Mama.
Mike trug mich in die Wohnung und stellte mich hinter einen prächtig geschmückten Christbaum. Es glitzerte und funkelte, dass ich vor lauter Staunen vergaß, wo ich war.
„Corrina kommt erst in zehn Minuten, sie muss noch eine Kleinigkeit besorgen. Ich freue mich schon so auf ihr Gesicht, wenn sie die hübsche Prinzessin da sieht, die wird Augen machen. Mein Liebling ist sie ja jetzt schon, nicht wahr, Cosma-Fee?“
Nun war ich beruhigt, denn Mike war bereits mein Freund. Wir warteten alle gespannt auf Corrina.
Sie sperrte ahnungslos die Haustüre auf, da sie nicht wusste, dass wir hier waren. Es leuchteten nur die Christbaumkerzen. Sie ging ins Wohnzimmer, wo wir bereits auf sie warteten.
„Fröhliche Weihnachten, meine Liebe“, sagte Mike und gab seiner jungen Frau einen Kuss. „Schau, was das Christkind dir alles gebracht hat!“
Corrina war wirklich ein reizendes Wesen. Sie hatte kastanienbraunes schulterlanges Haar, ein hübsches Ge-sichtchen und grüne Augen. Sie gefiel mir wirklich gut, sie wird meine Freundin, das war sicher. Sie packte ein paar Geschenke aus, aber mich hatte sie noch nicht entdeckt. Mir wurde in meinem Körbchen schon etwas mulmig, so dass ich ein ganz leises „Miau“ von mir gab. Endlich entdeckte sie mich, sie war ganz entgeistert. Nun wurde ich endlich befreit. Sie nahm mich heraus und brachte vor lauter Freude keinen Ton heraus.

„Corrina, was sagst du dazu? Ist das nicht ein entzückendes Christkind? Sie heißt Cosma-Fee und ist die liebste und schönste Katze der Welt!“
Sie umarmte Mike und Mariella und weinte vor Glück und Freude.
„Ihr habt ja keine Ahnung, wie oft ich schon davon geträumt habe, so ein Kätzchen zu haben. Habt ihr das gewusst?“, fragte sie.
„Bei meinem zukünftigen Beruf braucht man ein Tierchen zu Hause, findest du nicht? Wie gefällt dir diese persische Prinzessin?“
„Ich weiß gar nicht, was ich sagen soll. Sieh nur, was sie für große bernsteinfarbene Augen hat, sie hat noch ein richtiges Kinder-Katzen-Gesicht. Als Kind durfte ich nie eine Katze haben, obwohl ich mir immer eine wünschte. Darum ist die kleine Cosma-Fee auch ein erfüllter Kindertraum für mich. Ich bin unendlich glücklich!“, freute sie sich.
So wurde dieses Weihnachtsfest auch für mich eine einzige Freude. Ich war der Mittelpunkt von uns dreien. Das Leben war wieder schön für mich.
Sehr spät am Abend schlief ich glücklich auf Corrinas Schoß ein und träumte von einer herrlichen Zukunft bei Mike und meiner neuen Freundin.
Ich hatte unwahrscheinliches Glück gehabt. Etwas Schöneres hätte mir nie passieren können. Ich war restlos glücklich und zufrieden.
Die nächsten Wochen und Monate waren wie ein schöner Traum für mich. Ich hatte die besten Menschen der Welt um mich und war der absolute Mittelpunkt der Familie. Mariella kam oft zu Besuch, ich wurde von ihr

geknuddelt und geherzt vor Freude, wenn sie mich sah. So verging die Zeit.
Eines Tages bekamen wir Besuch. Ich versteckte mich hinter dem Sofa und wartete, wer wohl kommen würde, denn wir Katzen sind von Natur aus sehr neugierige Wesen. Als sie hereinkamen, hörte ich Stimmen, die mir bekannt vorkamen. Das darf doch nicht wahr sein: Sarah und Charlie kamen mich besuchen. Ich freute mich kätzisch! Sie wollten sich vergewissern, ob es mir auch wirklich gut ging. Oh, wie ich mich freute. Ich sprang sofort auf Sarahs Schoß und rollte mich zusammen. Leider konnte ich sie nicht fragen, was aus Camara geworden ist und wie es meiner Mama gehe; als ob sie meine Gedanken lesen könnte, begann sie zu erzählen:
„Wir sind wirklich sehr froh, dass es Cosma-Fee bei Ihnen so gut geht. Camara, wissen Sie, die kleine weiße Katze, hatte dieses Glück leider nicht. Sabella hat einen Mann kennen gelernt, der Katzen überhaupt nicht ausstehen kann. Sie musste sich zwischen ihm und der kleinen Katze entscheiden. Wir wissen ja nicht, wie er der lieben Sabella zugesetzt hat. Die Arme war hin- und hergerissen zwischen den beiden. Letztlich hat sie sich aber für ihren Freund entschieden. Wir hoffen sehr, dass sie mit ihm glücklich wird. Aber ein Partner, der dieses Opfer verlangt, ist bestimmt nicht der richtige Mann!"
Ich war richtig entsetzt. Hoffentlich erzählt sie uns nun, was mit Camara geschehen ist. Ich sah Sarah mit großen Augen fragend an. Aber sie erzählte schon weiter:
„Sabella kam zu uns, erzählte diese Geschichte und fragte uns, ob wir eventuell einen neuen Platz für die

Katze hätten. Wir wussten natürlich keinen Platz, sagten ihr aber, sie solle uns Camara bringen, wir werden uns schon um sie kümmern. Stellen Sie sich vor, sie hatte das Kätzchen im Auto sitzen und war natürlich heilfroh, dass wir sie zurücknahmen. Sie holte sie sofort herein. Camara sah nicht sehr glücklich drein, sie saß ganz verängstigt in ihrem Körbchen. Dann sah sie mich, und mir kam es so vor, dass sie uns erkannte und sich freute.

Die Wiedersehensfreude zwischen ihr und Jasmine war rührend. Sie putzten und wuschen sich gegenseitig um die Wette, anschließend verputzten sie eine Riesenportion Schlagobers. Ihre Katzenwelt war sichtlich wieder in Ordnung. Am Abend unterhielt ich mich noch mit Charlie darüber, was wir mit Camara machen sollen. Als wir sahen, wie glücklich sie bei ihrer Mama im Körbchen schlief, beschlossen wir, sie zu behalten. Wo eine Katze lebt und frisst, kann auch eine zweite sein. So, nun wissen Sie, jetzt haben wir zwei Katzen. Wir können es der kleinen Camara nicht antun, sie noch einmal wegzugeben. Sie ist noch immer ein richtiges Katzenkind, sehr klein und zart. Cosma-Fee war immer die größere und stärkere Katze.“

Camara ist also wieder daheim. Wer weiß, was sie alles schon erlebt hat. Nun ist ja ihre Katzenwelt wieder in voller Ordnung. Mich würden Corrina und Mike nie mehr hergeben, dazu war die Liebe zu groß. Das war sehr beruhigend für mich. Nachdem Sarah und ihr Mann wieder weg waren, schmiegte ich mich liebevoll an meine Corrina und schnurrte, dass es eine Freude war.

In der darauf folgenden Nacht hatte Mike einen fürchterlichen Hustenanfall, so dass Corrina mächtige Angst bekam. Aber am nächsten Morgen war Mike wieder vollkommen in Ordnung.
Ich lebte nun schon fast ein ganzes Jahr bei meinen Lieben. Mikes Hustenanfälle wurden stärker und häufiger. Es fiel mir auf, dass er dann, wenn er mich streichelte oder ich im selben Zimmer war, diese Anfälle hatte. Irgendwann begann ich zu spüren, dass es mit mir zu tun haben könnte, wusste aber nicht warum. Ich fühlte, dass es nichts Gutes zu bedeuten hatte.
Es hatte sich etwas verändert. Die alte Vertrautheit und Fröhlichkeit war nicht mehr so wie früher, obwohl sie mich noch immer gern hatten. Die beiden jungen Leute wurden immer trauriger. Irgendetwas stimmte nicht!
Ich konnte mir keinen Reim darauf machen, was geschehen war. Wir waren doch immer so fröhlich miteinander.
Wieder stand Weihnachten vor der Tür, aber diesmal war es ganz anders. Alle waren traurig und betrübt, das spürte ich sehr deutlich. Ich begann auf einmal Angst vor der Zukunft zu haben, lieber Gott, was wird jetzt werden?
Weil seine Hustenanfälle immer ärger und bedrohlicher wurden, suchte Mike einige Fachärzte auf. Dabei stellte sich heraus, dass er an einer Tierhaarallergie leidet. Damit war mein Schicksal wahrscheinlich besiegelt. Was werden sie mit mir tun?
„Weißt du einen Ausweg aus dieser fürchterlichen Situation? Der Gedanke, uns von Cosma-Fee trennen zu müssen, ist einfach schrecklich. Ich kann gar nicht

mehr schlafen vor lauter Kummer. Mich freut überhaupt nichts mehr!“, jammerte Mike.
Corrina erging es nicht viel anders. Den ganzen Tag lief sie mit verweinten Augen herum und liebkoste mich ununterbrochen. Es war eine fürchterliche Situation für uns drei.
„Vielleicht kann Mama unsere Cosma-Fee nehmen, da könnten wir sie wenigstens öfter sehen“, sprach Corrina, doch Mike meinte, dass das ihr Herz nur noch schwerer machen würde.
„Es ist bestimmt besser, wenn wir sie weiter weggeben, damit wir sie nicht sehen. Wir kommen sonst nie über sie hinweg. Warum muss uns das passieren? Sogar meinen Traum, Tierarzt zu werden, muss ich nun aufgeben wegen dieser Allergie!“
Karin nahm ihren unglücklichen Mann in die Arme und versuchte ihn zu trösten.
„Mike, wir müssen für unsere Prinzessin einen erstklassigen Platz suchen, das ist nun das Wichtigste. Zu Sarah kann sie leider nicht mehr zurück, die beiden sind ja mit zwei Katzen schon total überfordert.“
Die beiden diskutierten die halbe Nacht. Gott sei Dank wussten sie ja nicht, dass ich sie verstand.
Am nächsten Morgen kam Mariella. Sie war natürlich sehr betroffen über diese schlechten Neuigkeiten.
„Ich habe in meinem Büro eine Kollegin, die hat mir vor einer Woche zufällig erzählt, dass ihre Freundin gerne ein zweite Katze hätte. Diese Frau ist nämlich berufstätig und will, dass ihre kleine Katze nicht den ganzen Tag allein ist. Wäre das vielleicht eine Lösung?“

„Darüber müssen wir erst einmal nachdenken. Das muss natürlich ein erstklassiger Platz sein. Aber eine zweite Katze als Gefährtin wäre für Cosma-Fee bestimmt auch schön. Du musst deine Kollegin fragen, ob ihre Freundin unsere Cosma-Fee nehmen würde. Wer weiß, ob sie eine Perserkatze will, sie braucht ja trotzdem viel Zeit, zum Bürsten und so weiter."
„Na gut, ich werde morgen die Telefonnummer dieser Freundin eruieren, dann werden wir weitersehen. Ich weiß aber, dass es dieser kleine Katze sehr gut geht, denn sonst würde meine Kollegin sie nicht empfehlen. Diese ist nämlich ein totaler Katzenfan, sie hat ebenfalls zwei Miezen, denen es mehr als gut geht. Ich glaube, das könnten wir riskieren. Ach, reden wir von etwas anderem, ich bin ganz durcheinander!", sagte Mariella zu ihren Kindern.
So, jetzt war mein Schicksal besiegelt, wer weiß, was nun auf mich zukam. Ich konnte die ganze Nacht nicht schlafen, so schrecklich war das für mich.
Es ist wahr: nichts ist so, wie es ist!
Wenn Corrina und Mike geahnt hätten, dass ich sie verstehe, hätten sie bestimmt nicht vor mir darüber gesprochen. Andererseits war ich froh, dass ich Bescheid wusste. Ich kannte den Grund ihrer Hoffnungslosigkeit, allerdings war das kein Trost für mich. Ich sah es ja ein, dass ich unter diesen Umständen nicht bleiben konnte. Ich tat so, als wenn ich nichts wüsste. Ich legte mich, genau wie sonst immer, um Mikes Hals, wenn er für sein Studium lernte. Er tat so, als wenn alles okay wäre. Es ist schlimm, wenn man sich gegenseitig etwas vorschwindeln muss, damit der andere nicht leidet. Am nächsten Abend kam Mariella zu uns.

„Ich habe heute mit meiner Kollegin gesprochen. Sie hat sofort ihre Freundin angerufen und ihr von Cosma-Fee erzählt. Sie hat aber vergessen zu sagen, dass unser Liebling eine Perserkatze ist. Aber Frau Tarota, so heißt meine Kollegin, meinte, dass das Stefanie völlig egal sein wird, welche Rasse die Katze hat. Ihre Beautiful ist eine arme Tierschutzhauskatze. Sie hat sie zu sich geholt, weil ihr schwarzer Kater Pascha in den Katzenhimmel gekommen ist."
Nach einer längeren Unterhaltung über mich kamen meine Lieben zu dem Entschluss, sich mit Stefanie in Verbindung zu setzen.
Es folgten endlose Telefonate. Corrina konnte gar nicht zuhören, wenn Mike mit Frau Stefanie sprach. Es war eine fürchterliche, grausame Situation. Mir war inzwischen alles egal, ich beneidete meine kleine Schwester, dass sie wieder bei unserer Mama und Sarah sein konnte.
Aber: Wir Katzen sind zähe Wesen, und so nahm ich mir vor, alles einmal an mich herankommen zu lassen. Ich hatte schon einmal Glück gehabt mit Corrina und Mike; wer sagt, ob ich es nicht wieder habe. Corrina würde es bestimmt nicht zulassen, dass sich mein Leben zu meinen Ungunsten verändert. Wir werden sicher immer in Verbindung bleiben. Mit diesem kleinen Hoffnungsschimmer versuchte ich, die nächsten Tage zu überstehen.
„Corrina", sagte Mike zu seiner Frau, „Tarotas Freundin hat sich eine Woche Urlaub genommen, damit sie sich der neuen Katze widmen kann. Ich habe mit ihr vereinbart, dass ich Cosma-Fee am Samstagvormittag

zu ihr bringe. Sie wohnt in einer kleinen Stadt im südlichen Niederösterreich."
„Nein, bitte nein, tu mir das nicht an", jammerte Corrina, „du weißt, ich kann sie nicht hergeben. Sie wird todunglücklich sein und sterben. Mein armes Cosma-Fee-Mädchen...!"
Corrina konnte sich fast nicht beruhigen, sie tat mir unendlich Leid. Nie hätte ich geglaubt, dass eine Katze so geliebt werden könne. Welches Tier hat schon dieses Glück, wie ich es haben durfte.
Der gefürchtete Samstag kam schneller als erwartet auf uns zu. Am Morgen kam Mariella, um sich von mir zu verabschieden. Sie war sehr gefasst, aber ich spürte sehr deutlich, dass alle drei sehr traurig waren.
Mike setzte mich in meinen geliebten Korb, auch mein blaues Polster kam dazu, und wollte mich zum Auto tragen. Aber Corrina flehte:
„Ein paar Minuten noch, ich muss sie noch ein bisschen streicheln und sie schön bürsten, damit sie einen guten Eindruck macht", und zu mir gewandt sagte sie:
„Ich verspreche dir, mein Liebling, wenn es dir nicht gut geht oder dir nur ein Haar gekrümmt wird, hole ich dich sofort zurück!" Sie gab mir noch einen dicken Kuss und rannte weinend aus dem Zimmer.
Ich sah Corrina nie mehr wieder.

BEAUTIFUL

Dann fuhren wir fast eine Stunde, bis wir in meiner neuen Heimat ankamen. Ich lag in meinem Korb und weinte. Endlich hatte diese schreckliche Reise ein Ende. Ich wollte nur noch schlafen, nichts mehr sehen oder hören. Ich war am Ende. Wieder war mein Leben aus allen Fugen geraten. Damit Mike die Adresse nicht unnötig suchen musste, wartete Stefanie am Parkplatz auf uns.

Ich sah sie misstrauisch aus meinem Versteck an. Na ja, eigentlich machte sie einen freundlichen Eindruck. Sie trugen mich in ihre Wohnung und stellten mich mitten ins Zimmer. Von der anderen Katze sah ich nichts. Wo war sie nur? Am besten: abwarten, was kommt!

Stefanie öffnete den Korb und schaute neugierig hinein.

„Ja, was sehe ich da? Das ist ja ein Perserkätzchen. Gott, bist du süß, ich falle fast um vor Überraschung. Komm her, meine kleine Mieze, du sollst es nur gut bei mir haben. Ich freue mich schon, was Beautiful zu dir sagen wird!"

Aber ich wagte mich nicht aus meiner sicheren Behausung.

„Mike, nehmen Sie erst einmal Platz, wir machen uns einen guten heißen Tee, inzwischen wird sich das Kätzchen schon herauswagen, dann hole ich meine Beautiful. Sie ist eine liebe, aber sehr scheue Katze. Sie lässt sich außer von mir von niemandem angreifen, geschweige denn streicheln. Sie hat in ihrem Leben bestimmt nichts Gutes erlebt. Mich liebt sie jedoch sehr, das spürt man, und ich habe sie natürlich sehr lieb. Vor einem Jahr habe ich sie aus dem Tierschutzhaus geholt, die Arme, aber bei mir fühlt sie sich sehr wohl."

Na, das sind ja Aussichten. Jetzt kann ich mich womöglich auch noch mit einer gestörten Katze herumschlagen. Ach, warum musste mir das passieren, dachte ich, und traute mich nicht mehr aus meinem Körbchen.

Mike beugte sich zu mir hinunter und lockte mich zärtlich.

„Komm, Cosilein, komm heraus, es kann dir gar nichts geschehen, ich bin ja bei dir!"

Ja, aber wie lange noch, dann verlässt du mich auch und ich bin dieser fremden Frau und dieser Katze ausgeliefert. Nein, ich wollte nicht hinaus, ich wollte wieder mit Mike zurückfahren.

Mike hob mich heraus und setzte mich auf den Teppich. Stefanie war vollkommen hingerissen von mir, aber ich hatte, schlicht gesagt, nur Angst, fürchterliche Angst und keine Aussicht, dass Mike mich wieder mitnimmt. Am liebsten wäre ich gestorben. Mein Leben war nicht mehr schön, ich sah nur mehr schwarz. Beide redeten mir gut zu, aber ich stand wie angewurzelt auf dem Boden.

„Kommen Sie", sagte Stefanie, „wir werden Beautiful ins Zimmer lassen, schauen wir uns einmal an, was die beiden Katzen tun. Wenn sich die beiden auf Anhieb nicht mögen, müssen Sie ihr Kätzchen wieder mitnehmen und einen anderen Platz suchen!"

So war das also, eine kleine Chance hatte ich also noch. Wenn mich diese „Beautiful" nicht leiden kann, darf ich wieder mit Mike heimfahren. Daher werde ich diese Katze zur Begrüßung einmal ordentlich anfauchen und ihr einen kräftigen Prankenhieb versetzen. Vielleicht hilft es mir, dass mich die beiden dann sofort ablehnen. Stefanie öffnete die Schlafzimmertüre und heraus stolzierte eine zarte, weiß-getigerte Katze. Sie kam direkt auf mich zu. Jetzt, dachte ich, und fauchte sie böse an. Aber anstatt die Flucht zu ergreifen oder zurückzufauchen, ging sie geradewegs auf mich zu und begann mein Fell mit größter Hingabe zu waschen. Es war ihr einerlei, ob ich fauchte oder nicht.

„Beruhige dich erst einmal", maunzte sie auf kätzisch, „du brauchst dich nicht zu fürchten, hier geschieht dir überhaupt nichts. Ich weiß, dass du Angst hast. Mir ist es auch so ergangen, aber es wäre nicht nötig gewesen. Komm her, lass dich ein bisschen liebkosen, dann ist es ein bisschen leichter für dich!"

Für eine kurzen Augenblick war ich abgelenkt, so dass ich gar nicht bemerkte, dass Mike sich von Stefanie schon verabschieden wollte.

„Sehen Sie, wie lieb Beautiful zu unserer Cosma-Fee ist, es wird schon alles gut gehen. Sollte es aber anders kommen, werde ich Sie anrufen. Sie können ja sicherheitshalber einen Reserveplatz für sie suchen, aber es wird bestimmt nicht notwendig sein!"

Sie beugte sich zu mir und zu Beautiful und streichelte uns gleichzeitig.

„Herzlich willkommen, meine Liebe, ich freue mich, dass du zu uns gekommen bist. Und weil du so schön bist, werde ich dich Marylin nennen, nach der Monroe. Na, wie gefällt dir das?"

„Überhaupt nicht", hätte ich am liebsten gesagt, Mike hat mich aber gerettet.

„Nein, bitte nicht, lassen Sie ihr ihren Namen, sie kommt, wenn man sie ruft", flehte er, „und ich finde, der Name passt zu ihr!"
Stefanie sah mich an, lächelte und sagte:
„Ja, sie soll weiter Cosma-Fee heißen, dieser Name ist auch sehr schön, außerdem ist sie ihn gewöhnt. Sie haben Recht!"
So bin ich die Cosma-Fee geblieben.
Plötzlich nahm mich Mike ganz stürmisch hoch, drückte mich ganz fest an sich und liebkoste mich.
„Cosma-Fee, ich werde dich nie, nie vergessen!", sagte er, setzte mich auf den Teppich und verließ fluchtartig die Wohnung. Wenn er noch eine Minute geblieben wäre, hätte er mich wahrscheinlich wieder mitgenommen. Er tat mir Leid. Er hatte allerdings ja noch Corrina und Mariella, aber ich war jetzt ganz allein mit einer für mich fremden Frau und einer weißen Katze. Als Mike weg war, nahm mich Stefanie und setzte mich auf die Couch, aber dort blieb ich nicht. Ich sprang herunter und versteckte mich unter dem Bett. Stefanie kniete sich davor und lockte mich, aber ich wollte nicht mehr hervorkommen.
Warum musste gerade ich diese schrecklichen Dinge erleben? Ach, wenn ich doch wieder bei meiner Mama und Camara sein könnte!
Stefanie stellte mir gutes Futter vor mein Versteck, weil sie hoffte, dass ich dann rauskomme. Nein, ich wollte nicht, am liebsten wäre ich gestorben. Stefanie versuchte noch ein paar Mal, mich hervorzuholen, aber ich blieb, wo ich war. In der Nacht, als es ruhig war, schlich ich mich auf leisen Pfoten hervor. Mein Hunger war so groß, dass ich mich erst einmal über das Futter

stürzte und alles verputzte. Dann machte ich einen vorsichtigen Rundgang durch die Wohnung. Sehr geräumig war es hier nicht. Nicht einmal ein eigenes Katzenzimmer gab es hier, wo ein Kratzbaum stehen könnte. Aber sonst war es ganz nett hier. Bei meinem Rückzug zur Couch begegnete ich Beautiful. Ich fauchte sie wild an und wollte sofort in mein Versteck.
„Cosma-Fee, sei nicht so kratzbürstig, komm her, ich tue dir ja nichts. Du wirst sehen, wenn du dich erst einmal eingewöhnt hast, wird es dir hier gut gefallen. Wir werden unseren Spaß haben, verlass dich darauf. Zu zweit ist das Leben ja viel lustiger. Ich habe schon allerhand schlechte Erfahrungen gemacht, darum bin ich heilfroh, dass ich bei Stefanie gelandet bin!"
Vielleicht meinte es Beautiful doch gut mit mir.
Am besten: abwarten was kommt. Bis jetzt war ja noch nichts geschehen, und davonlaufen konnte ich als letzten Ausweg immer noch! Die Frage war nur: Wohin? Ich verzog mich wieder unter das Bett und schlief, inzwischen sehr müde geworden, sofort ein.
Obwohl Stefanie und Beautiful in den nächsten Tagen immer wieder versuchten, mich unter der Couch hervorzuholen, blieb ich eisern. Nur in der Nacht schlich ich mich hervor und verschlang mein Futter, welches vor dem Bett stand. So vergingen einige Tage. Irgendwann wurde mir das zu dumm, ich sprang ganz verwegen auf den Tisch. Stefanie kam sofort angerannt, um mich auf den Arm zu nehmen, obwohl ich im letzten Augenblick noch davonlaufen wollte. Es war zu spät, sie hatte mich schon erwischt.

Ich fauchte böse, aber es schien ihr nichts auszumachen. Sie streichelte mich und sprach ganz leise und beruhigend auf mich ein.
„Cosi, mein Schätzchen, komm, ich habe einen guten Leckerbissen für dich. Ich weiß, was meine Naschkatze gern hat. Komm mit in die Küche!"
Weil ich eine neugierige Mieze bin, lief ich ihr nach. Was konnte schon passieren?
Nichts passierte! Ich bekam eine ordentliche Portion Schlagobers, meine Lieblingsspeise. Beautiful hatte eventuell doch Recht, dass es mir hier gefallen könnte; und weil sich Stefanie solche Mühe mit mir gab und sogar Schlagobers servierte, bekam sie von mir aus Dankbarkeit „Köpfchen", und ich maunzte ein liebliches „Danke". Stefanie freute sich sichtlich über mein Entgegenkommen. Ich nahm mir vor, freundlich und lieb zu ihr zu sein. Sie kann ja nichts dafür, dass ich meinen Platz verloren hatte. Beautiful war gar nicht so übel, wie ich anfangs befürchtet hatte Sie waren beide sehr lieb zu mit und allmählich gefiel es mir hier schon besser. Das Futter war hervorragend, ich hatte eine nette Spielgefährtin, es ging also wieder etwas aufwärts in meinem Katzenleben. Ich glaube, ich hatte wieder einmal Glück gehabt. Immer wenn ich traurig war, tröstete mich Beautiful. Sie verstand mich sehr gut. Ich war froh, eine so liebe Freundin zu haben.
Ich war nun schon zwei Wochen bei Stefanie und Beau-tiful, als wir eines Abends Besuch bekamen. Tarota, die Freundin von Mariella und Stefanie, wohnt hier ganz in der Nähe. Sie kam zu uns, weil sie schon neugierig auf mich war. Na, das war ein „Ah!" und ein „Oh!", als sie mich sah. Sie hatte auch etwas

mitgebracht. Einen Riesenkorb voll bestem Katzenfutter schleppte sie an. Ich hätte nie gedacht, dass die Menschen hier so tierliebend sind. Was für eine schöne Überraschung. Ich fühlte, dass mein Leben wieder schöner wird. Ich sah, hier war ich wirklich bei sehr guten Freunden.
„Schenkst du mir auch etwas von diesen Leckerbissen?“, fragte mich Beautiful.
„Na klar, Beautiful, wir teilen uns alles, du hast Recht: bei dir und Stefanie ist es sehr schön!“
Tarota erzählte unserem Frauchen, dass Mike sein Arztstudium verändern musste, wegen dieser Allergie. Jetzt studiere er Humanmedizin, obwohl ihm die Tiere lieber gewesen wären. Zum Glück ist er durch die Katze draufgekommen und konnte daher noch umsteigen. Corrina sei natürlich noch immer sehr traurig und würde viel weinen. Mariella gehe in Pension und wolle aufs Land ziehen. Na, das waren aber Neuigkeiten.
Mike hat schon dreimal bei uns angerufen, ob es mir auch gut geht bei Stefanie, darüber freute ich mich sehr. Wieso ich das weiß? Beautiful hat es mir erzählt, die ist immer über alles informiert. Sie ist eine sehr kluge Katze und sehr lebenserfahren. Wir unterhielten uns immer öfter miteinander und spielten und tollten oft stundenlang in der Wohnung herum, während Stefanie unsere Brötchen verdiente. Das Leben war wieder schön geworden. Ich wünschte mir nichts mehr, als das es so bleiben sollte.
So war das also: Mike hatte erst durch mich von seiner Krankheit erfahren. Nein, ich war ihm nicht böse, denn

normalerweise hätten er und Corrina sich nie von mir getrennt. Die beiden haben unter der Trennung von mir genauso gelitten wie ich. Nun bin ich eben bei Stefanie, ich werde mich bestimmt an sie gewöhnen, ich weiß, sie liebt Katzen über alles. Besonders Beautiful und mich. Ich hoffte sehr, dass es nun so bleiben möge.
Allmählich gewöhnte ich mich an meine Freundin Beautiful. Immer wenn ich sehr traurig war, tröstete sie mich liebevoll. Ich konnte es gar nicht glauben, was man über sie erzählt hatte. Sie war gar nicht grantig, ich konnte mir das gar nicht vorstellen, jedoch wurde ich bald eines Besseren belehrt.
Eine gute Freundin von Stefanie kam uns besuchen. Sie war ganz überrascht, eine zweite Katze hier zu sehen. Sie kam auf mich zu und wollte mich hochheben. Wollte: denn auf einmal rannte Beautiful an und versetzte dieser netten Dame einen Prankenhieb.
„Au, was soll das? Stefanie, tu diese Kratzbürste weg, ich will nicht noch einmal einen Hieb bekommen!“, rief sie Stefanie zu.
Stefanie schnappte Beautiful und trug sie ins Wohnzimmer. Dann erst konnte mich die Freundin ordentlich begutachten und streicheln.
„Wo hast du denn diese schöne Perserkatze her? So eine Schönheit habe ich noch nie gesehen!“, schwärmte sie verzückt.
Stefanie erzählte ihr meine Geschichte, während die arme Beautiful noch immer im Schlafzimmer war. Erst als die Freundin fort gegangen war, durfte sie wieder hereinkommen. Wird sie immer aus dem Zimmer getragen, wenn jemand kommt? Warum verhält sie sich denn so? Ich wusste, dass ich das unbedingt wissen

musste. Bei der nächsten passenden Gelegenheit musste ich Beautiful fragen.
Am nächsten Tag, als Stefanie wieder außer Haus ging, setzte ich mich zu meiner Beautiful und sprach:
„Belli, meine Liebe, warum hast du Stefanies Freundin gestern so geprackt? Hat sie dir etwas getan? Warum machst du das?“
„Cosma-Fee, das ist nicht leicht zu erklären. Ich habe eine Abneigung gegen die Menschen. Als Katzenkind wurde ich so gequält, dass ich zu niemandem mehr Vertrauen hatte. Dir, Cosma-Fee, würde ich kein Haar krümmen, denn du bist meine Freundin, und ich kenne dein Schicksal. Der einzige Mensch, der mich angreifen und streicheln darf, ist Stefanie, aber das war auch nicht immer so. Sie hatte es am Anfang sehr schwer mit mir, obwohl sie sich immer wieder um mich bemühte und nie aufgab. Aber dafür liebe ich sie heute heiß und innig, dir wird es genauso gehen. Stefanie würde alles für uns tun und uns nie im Stich lassen. Seit ich bei ihr wohne, ist sie keinen einzigen Tag weg gewesen. Ihre Freundin ist bestimmt auch in Ordnung, aber ich kann halt auch nichts dafür, dass ich so reagiere. Ich hatte wahrscheinlich Angst, dass sie dich mitnimmt und ich wieder alleine bin. Ich bin ja so froh, dass du da bist, meine liebe Cosma-Fee.“
Das hätte ich von Beautiful nie gedacht. So eine mutige Katze. Sie würde mich bestimmt mit Zähnen und Krallen verteidigen, wenn ich in Gefahr wäre. Ich war richtig stolz auf sie.
„Beautiful, zuerst dachte ich, dass es mir hier nie gefallen würde, aber du hast mir geholfen, dass ich jetzt wie-

der froh sein kann. Ich will für immer deine beste Freundin sein, egal, was kommen möge!“
So lebten wir glücklich und zufrieden in den Tag hinein, wir hatten alles, was sich Katzen nur vorstellen können.
Seit einiger Zeit fiel uns beiden auf, dass Stefanie sich veränderte. Sie kaufte sich auf einmal schicke Kleidung, ließ sich die Haare schneiden und färben und machte Diät. Was ist da los?
Uns hatte sie ja vorher auch gefallen, also wegen uns tat sie das bestimmt nicht. Es dauerte nicht lange, und wir kamen dem Rätsel auf die Spur.
Eines Abends, Stefanie war gestylt, dass wir sie fast nicht erkannten, läutete es an der Wohnungstür. Na, jetzt wird die Sache interessant. Ein männliches Wesen betrat unsere Wohnung. Stefanie begrüßte den Gast sehr, sehr höflich und freundlich. Ein Abendessen wurde serviert, ‚à la carte' kann man da nur sagen. Jetzt war die Angelegenheit klar, wir wussten nun auch, wo Stefanie immer an den Abenden war, wenn sie wegging.
Eines allerdings störte uns schon. Als sie uns ihrem vermutlichen Freund voll Stolz präsentierte, merkten wir, dass er nicht sehr erfreut war.
„Kratzen diese Miezen, wenn man sie anfasst?“, wollte er wissen.
Aber bevor Stefanie antworten konnte, war Beautiful schon aktiv geworden. Sie langte zu, dass Stefanies Freund vor lauter Schreck aufsprang .
Stefanie nahm Beautiful und trug sie ins Vorzimmer. Ich wollte mit, deshalb setzte ich mich vor die Türe und maunzte, weil ich auch hinaus wollte. Sie ließ mich zu

Beautiful und schloss die Türe. Nun war ich mit Beautiful allein.
„Warum machst du das?“, fragte ich sie.
„Ich wollte den nur testen, ob er sich vor uns fürchtet. Er hat nicht nur Angst vor uns, sondern mag auch keine Katzen, das habe ich sofort gespürt!“
„Wieso kannst du das wissen, du kennst ihn ja nicht, vielleicht ist er nett. Er hat doch nur Angst, weil er keine Ahnung von Katzen hat. Stefanie wird ihm das schon klarmachen!“
„Glaube mir, Cosma-Fee, mein sechster Sinn sagt mir, das geht nicht gut aus. Der ist imstande und redet auf Stefanie so lange ein, bis sie nicht mehr weiß, was sie tun soll. Aber wir beide werden das schon zu verhindern wissen. Wir müssen nur zusammenhalten, dann wird es sich schon herausstellen, wer die Stärkeren sind, nämlich wir!“
Ich musste über Beautifuls Rede richtig lachen. Sie lässt sich nicht unterkriegen, das ist eine Kämpferin. Ich war wieder mal richtig stolz auf sie.
Nach endlosen zwei Stunden durften wir endlich wieder ins Zimmer. Alfred, so hieß dieser Mensch, verabschie-dete sich sehr ausgiebig und lang von unserer Stefanie, ohne uns eines Blickes zu würdigen. Er tat, als wenn wir gar nicht zugegen wären. Endlich verließ er unser Heim.
„Na, was habe ich dir gesagt, Cosma-Fee! Dem sind wir ein Dorn im Auge, er ist eine echte Gefahr für uns. Hoffentlich kommt Stefanie nicht auf dumme Gedanken. Es ist ihr ja bis jetzt sehr gut gegangen, das sollte

sie auch bedenken. Aber die Liebe geht eben manchmal seltsame Wege“, maunzte Beautiful.
Stefanie räumte Teller und Gläser vom Tisch, machte Ordnung und setzt sich anschließend auf die Couch. Sie rief unsere Namen und wir sprangen beide zu ihr auf die Couch. Sie streichelte uns gedankenverloren. Ich konnte mir denken, was sie jetzt beschäftigte. Dieser Alfred hatte ihr den Kopf verdreht, und nun dachte sie die ganze Zeit nur an diesen Menschen.
Das kann heiter werden mit diesen beiden!
Am nächsten Tag kam er schon wieder, also: was zu viel ist, ist zu viel! Wieder wurde gegessen und getrunken und geplaudert. Nachdem sich Beautiful sofort unter das Bett geflüchtet hatte, nahm ich malerisch neben den beiden auf dem freien Stuhl Platz.
„Sitzt die Katze immer da? Das stört mich, sie sieht mich so herausfordernd an. Hoffentlich springt sie mir nicht ins Gesicht. Siehe dir diese großen Augen einmal ein, die führt nichts Gutes im Schilde!“, sagte er zu Stefanie.
„Aber Alfred, du wirst dich doch nicht vor einer Katze fürchten. Cosma-Fee ist die gutmütigste Katze, die es gibt!“, lachte unsere Stefanie.
„Du kannst sie ruhig streicheln, sie wird dir bestimmt nichts tun!“
Alfred beugte sich zögernd zu mir herüber und wollte mich streicheln. Aber so weit kam es nicht. Ich versetzte ihm einen Prankenhieb, den er bestimmt nicht so schnell vergessen würde, dazu fauchte ich, dass ich einem Löwen alle Ehre gemacht hätte. Stefanie blieb vor Schreck beinahe der Bissen im Mund stecken.
„Cosma-Fee, was fällt dir ein!“, schimpfte Stefanie.

Bevor sie aber noch etwas sagen konnte, war ich schon unterm Bett bei Beautiful.
„Ich bin sehr stolz auf dich, das war eine tolle Aktion, weiter so, meine Liebe!“, freute sich Beautiful.
Natürlich kamen wir erst hervor, als unser „lieber Gast“ schon weg war. Stefanie war sehr böse auf mich, und Schlagobers gab es heute auch keinen mehr. Das sind aber keine schönen Aussichten, das muss ich schon sagen.
Die nächsten vier Tage kam unser Freund nicht mehr. Stefanie blieb bei uns zu Hause, aber irgendetwas schien sie zu beschäftigen, man sah es ihr an.
„Belli, ich glaube, Stefanie hat mit Alfred Schwierigkeiten, ich glaube, da sind eventuell sogar wir schuld. Hoffentlich gibt's kein Trouble“, sagte ich.
„Aber nein, verlass dich auf meinen Instinkt, wir haben die Oberhand. Ein paar kleine Kratzer noch, und der gute Mann hat die Nase voll von uns. Du wirst schon sehen!“
Es läutete schon wieder an der Wohnungstür. Na, wer kam wohl? Beautiful und ich waren schon gerüstet für den Fall. Stefanie begrüßte ihren Freund überschwänglich und bat ihn herein. Da sie aber nicht gewusst hatte, dass Alfred kommt, hatte sie natürlich auch nichts gekocht. Alfred nahm Platz und fragte:
„Stefanie, was gibt es denn heute Gutes zum Speisen? Ich habe einen Riesenhunger!“
„Ich hatte keine Ahnung, dass du heute kommst, ich habe leider nichts gekocht, aber wir könnten ja in ein Lokal essen gehen, das wäre auch ganz nett!“, machte Stefanie einen Vorschlag.

„Meine liebe Freundin, weißt du eigentlich, wie teuer das ist? Das kann ich mir nicht leisten. Aber wenn du dein Essen selber bezahlst, könnten wir ja in ein Gasthaus fahren. In der nächsten Seitenstraße ist ein Lokal, das ist relativ billig“, erwiderte Alfred.
„Das ist der Anfang vom Ende“, flüsterte mir Beautiful zu, „du wirst sehen, das wird nichts!“
Stefanie war einfach platt. So etwas war ihr bestimmt noch nie passiert.
„Ich habe keine Lust mehr zum Weggehen“, sagte sie, „ich koche uns heißen Früchtetee und richte ein paar Brötchen, mehr habe ich nicht zu Hause.“
Dieser Abend war nicht mehr zu retten, das merkten wir beide unter dem Bett erfreut.
„Gut Ding braucht Weile“, sagte Beautiful zu mir.
„Du wirst sehen, den haben wir nicht mehr lange. Soll ich ihm zum Abschied eine ordentliche langen?“
„Schaden kann es keinesfalls!“, pflichtete ich meiner Freundin bei.
Die nächste Zeit hörten wir nichts von Alfred. Stefanie machte einen etwas zerstreuten Eindruck und lauerte die ganze Zeit auf das Telefon. Endlich kam ein Anruf von Alfred.
Er müsse über alles nachdenken und brauche etwas Zeit, aber am Wochenende käme er zu uns, erklärte er unserer Stefanie. Wir hatten allerdings das Gefühl, dass sich die Wiedersehensvorfreude bei Stefanie in Grenzen hielt.
„Ich sage dir, Cosma-Fee, das Feuer ist erloschen, da ist nichts mehr! Der liebe Alfred wollte nur eine Köchin, eine billige natürlich, die nichts kostet. Stell dir vor, wenn der ahnen würde, was allein unsere

Köstlich-keiten kosten, den würde glatt der Schlag treffen. Ich bin schon neugierig, wie es am Wochenende wird. Wir werden natürlich auch unseren Senf dazugeben, das wird ein Spaß werden. Du kennst mich ja, ich habe keine Angst, nicht einmal vor Alfred!“

Der kommende Samstag verlief genauso, wie wir es heimlich erwartet haben.

Alfred brachte eine (!) Rose mit, als Zeichen seiner großen Zuneigung, wie er versicherte. Stefanie hatte sich sehr hübsch gemacht und tischte auf, dass es eine Freude war. Ich sprang natürlich wieder auf den Stuhl, Beautiful besetzte den vierten Sessel. Alfred schielte immer wieder zu uns herüber, aber wohl war ihm nicht in seiner Haut. Wehe, wenn er uns zu nahe käme, da hätte er es schön, wirklich. Er muss das gespürt haben, denn er ignorierte uns für den Rest des Abends.

„Stefanie, ich habe über uns beide nachgedacht. Wir verstehen uns gut, ich könnte mir ein Leben mit dir sehr gut vorstellen. Wir könnten ein schönes Leben haben; seit meine erste Frau gestorben ist, bist du die Einzige, die ich mir als Partnerin vorstellen könnte. Du siehst gut aus, hast eine schöne Wohnung, und kochen kannst du auch sehr gut. Mit einem Wort, du bist meine Traumfrau. Meine beiden Kinder sind schon erwachsen, die belasten mich auch nicht mehr, also wäre alles in bester Ordnung. Ich würde sehr gerne bei dir leben, was sagst du dazu?“

„Das kommt ein bisschen plötzlich. Natürlich wäre es schöner zu zweit. Lass mir noch etwas Zeit zum Überlegen, so etwas kann ich nicht spontan entscheiden, das

ist immerhin eine große Veränderung in meinem Leben, verstehst du das?"
„Aber natürlich, meine Liebe, das verstehe ich schon. Außerdem brauchen wir dann ja nicht mehr zwei Autos, da genügt dein Kleinwagen vollkommen, meinen Wagen verkaufe ich und lege das Geld auf ein Sparbuch. Und meine Wohnung kann ich dann vermieten, das wäre ebenfalls eine gute Lösung", sagte Alfred zu Stefanie.
Wir sahen Stefanie an, dass ihr das nicht gefiel. Sie ist eine sehr selbständige Frau und weiß, was sie will. Sie sagte nichts darauf, sondern beugte sich zu mir und liebkoste mich ein bisschen, so aus reiner Verlegenheit.
„Ja, Stefanie, eines möchte ich dich noch bitten! Wenn dir etwas an uns beiden liegt, dann gib bitte diese zwei Ungeheuer aus dem Haus, die brauchst du dann nicht mehr, du hast ja mich!", forderte Alfred von unserer Stefanie.
Ich glaube, das war das Ende, wie Beautiful es vorausgesagt hatte, sie hatte wirklich Recht.
„Lieber Alfred, ich wäre gerne bereit, für die Liebe ein Opfer zu bringen, aber das geht zu weit. Von diesen beiden Katzen werde ich mich nie trennen, da gibt es keinen Kompromiss!", sagte Stefanie unmissverständlich.
„Es ist wirklich schade, dass dir Katzen lieber sind als ich, das ist kaum zu glauben. Aber unter diesen Umständen ist es besser, wenn wir uns nicht mehr wiedersehen, aber mit diesen Kratzbürsten unter einem Dach, das kann niemand von mir verlangen!"
Alfred stand auf, verabschiedete sich kühl von Stefanie, und uns sah er nicht einmal.

Als er verschwunden war, sahen wir, dass Stefanie weinte. Sie war traurig, weil sie nun wieder alleine war.
„Stefanie ist nicht lange unglücklich“, maunzte Beautiful mir zu, „das ist nur verletzter Stolz, glaube mir, morgen ist sie heilfroh, das dieser „Tierfreund“ nicht mehr kommt. Ich bin stolz, dass ich zweimal zugelangt habe. Du siehst, die Beautiful macht immer das Richtige!“
Damit war das Kapitel „Alfred“ für uns abgehakt.
Das Leben ging nun wieder so weiter wie früher. Auf Grund dieser Erfahrung wird es sich Stefanie bestimmt überlegen, sich einen Partner zuzulegen. Wir waren sehr zuversichtlich.
Stefanie erholte sich sehr schnell von ihrem Abenteuer, wir freuten uns für sie und waren froh, dass sie nicht mehr traurig und wütend war.
„Siehst du, ich habe es gewusst, dass alles wieder seinen gewohnten Gang geht“, maunzte Beautiful, „ich kenne Stefanie inzwischen lange genug, so dass ich es schon am Anfang gespürt habe, wie diese Sache ausgeht. Sie ist viel zu lebenserfahren!“
„Gott sei Dank hattest du Recht, meine Beautiful. Aber ein bisschen Angst hatte ich schon. So eine Geschichte hat meine kleine Schwester erlebt. Die verlor ihren Platz bei Sabella, weil diese auch einen Mann kennen gelernt hatte. Der wollte auch keine Katze, und so kam Camara wieder zu ihrer Mama zurück. Sie hatte ja noch Glück, aber wo wären wir womöglich gelandet?“
„Darüber hatte ich nie einen Zweifel. Stefanie liebt uns, da gibt es keine Alternativen. Sie würde sich nur für einen Partner entscheiden, der uns bedingungslos ak-

zeptiert. Dafür lege ich mein Pfote ins Feuer. Sie fährt nicht einmal in den Urlaub wegen uns, dabei könnte sie sich das bestimmt leisten. Wir beide können wirklich von Glück reden, bei Stefanie zu wohnen!"
„Wie bist du eigentlich zu Stefanie gekommen? Das hast du mir noch gar nicht erzählt. Wurdest du auch einfach hergegeben, weil zu viele Kätzchen im Hause waren?", fragte ich meine Freundin.
„Aber nein, die Geschichte war ganz anders. Wenn es dich interessiert, werde ich dir erzählen, wie alles gekommen ist."
„Natürlich will ich das wissen, es ist bestimmt spannend, also erzähle!", forderte ich sie auf.
„Meine Katzenkindertage verbrachte ich in einer riesigen Katzenfamilie. Meine Mama hieß „Weibi" und hatte schon sehr viele Kinder zur Welt gebracht. Mit mir kamen noch drei Kätzchen zur Welt. Wir lebten total in der Freiheit. In dem Haus, wo wir wohnten, lebte eine Menschenfamilie mit zehn Kindern. Da ging es manchmal zu, das war furchtbar. Gerade als wir Jungen drei Monate alt waren, wurde das Haus einfach abgerissen. Die Familie zog weg, und wir Katzen standen auf der Straße. Es kamen Leute mit Fangkörben und sammelten uns ein. Ich versteckte mich, so dass sie mich übersahen. Ich glaube, man hat sie alle ins Tierheim gebracht. Nun war ich mutterseelenallein. Ich irrte tagelang in der Gegend herum, hatte fürchterlichen Hunger und keinen warmen Platz zum Schlafen. In meiner Not fanden mich halb verhungert zwei kleine Mädchen. Sie trugen mich zu sich nach Hause, doch dort war ich nicht willkommen. Man sperrte mich in einen kalten Keller und gab mir

gewässerte Milch zu trinken. Die Situation war für mich sehr schlimm. Ich hoffte, bei einer passenden Gelegenheit abhauen zu können. Aber das brauchte ich nicht, denn am folgenden Tag setzten sie mich einfach vor die Türe. Dann kam ich bei einem Bauernhof vorbei, wo es ebenfalls mehrere Katzen gab. Die hatten aber selber nicht viel zum Knabbern und waren ständig auf Mäusefang. Ich schloss mich ihnen an und erlernte so das Überleben in der Freiheit. Eines Tages kam ein Autofahrer vorbei, sah mich, fing mich ein und wollte mich mitnehmen. Da ich aber die Freiheit gewöhnt war, wehrte ich mich mit meinen Zähnen und Krallen so heftig, dass er die Lust auf mich verlor. Er schnappte mich und brachte mich in ein Tierheim. Dort hatte ich nach langer Zeit als verwilderte Mieze endlich einen warmen Schlafplatz und gutes ausreichendes Futter. Man war wohl sehr lieb zu mir, aber ich war sehr kratzbürstig. Man versuchte wirklich alles, für mich einen Platz in einer Wohnung zu finden, aber diese Versuche scheiterten jedes Mal kläglich. Dreimal wurde ich vergeben, dreimal kam ich zurück. Auf Grund meines Charmes war ich unvermittelbar. So beschloss man, dass ich im Tierheim bleibe, da ich bei der Chefin einen Stein im Brett hatte, weil ich ihr als einzigem Menschen immer „Bussi“ gab. Sie mochte mich, wie ich war, stets war sie lieb und freundlich zu mir. Man gab mir den Namen Baby, weil ich so zart war. Ich blieb ein Jahr dort, bis sich mein Schicksal wieder veränderte. Du siehst also, dass auch ich einen langen Weg hatte, bevor ich zu Stefanie kam.“

Beautiful machte eine kleine Pause bei ihren Schilderungen, um sich das Fell zu putzen. Ich weiß, sie überlegte wahrscheinlich, wie es weiterging.
„Und wie ging es weiter?“, wollte ich wissen.
„Ich döste gerade auf dem Fensterbrett, als eine Frau mit unserer Tierhaus-Chefin durch den Katzenzwinger in unser Häuschen kam. Sie war blond und hatte ein freundliches Wesen. Sie wollte wieder eine Katze, weil ihr Kater „Pascha“ vor sechs Wochen an einer unheilbaren Krankheit gestorben war. Leider waren nur zwei Katzen zugegen. Ein älterer schwarzer Kater und meine Wenigkeit. Die Frau war natürlich Stefanie, und sie wollte keine bestimmte Katze, sondern sie wollte die ärmste haben. Das war natürlich ich, denn mich nahm niemand mehr mit. Man erklärte Stefanie, dass ich eine sehr schwierige Persönlichkeit sei, und daher unbedingt einen Einzelplatz bei einem Katzenkenner brauchen würde. Obwohl es mir hier nicht schlecht ging, wollte ich trotzdem weg, denn ich war hier sehr allein, keiner streichelte mich, weil alle wussten, wie grantig ich bin. Ich nahm meinen ganzen Mut zusammen und lief auf Stefanie zu. Sie nahm mich auf den Arm und ich gab ihr sofort „Bussi, Bussi“. Stefanie freute sich so über mich, dass sie mich sofort mitnehmen wollte. Man riet ihr, sich das zu überlegen, weil ich ja schon dreimal zurückgekommen bin. Aber sie ließ sich nicht beirren und meinte, egal wie und was, sie würde mich behalten. Sie kennt sich bei Katzen aus und es werde schon gut gehen. Siehst du, so kam ich hierher, und es war richtig so.“

„Das war aber eine sehr schöne Geschichte, zumindest der Schluss! Und wie ist dann aus der Baby die Beautiful geworden?“, wollte ich wissen.
„Zuerst blieb ich die Baby. Die erste Zeit bei Stefanie war für sie und für mich nicht gerade leicht. Sie bemühte sich echt, mir nur das Beste zukommen zu lassen, aber ich war eben schon so verwildert, dass ich mich auch von Stefanie nicht streicheln ließ. Aber Gott sei Dank, muss ich heute sagen, brachte sie immens viel Geduld mit mir auf. Sie servierte mir pünktlichst das beste Futter und ließ mich ansonsten in Ruhe. Zwar beobachtete sie mich immer, aber sie verfolgte mich nicht. Sie wartete einfach ab. Mit der Zeit wurde ich ein bisschen zutraulicher. Eines Abends, als Stefanie sich schon zur Ruhe begeben hatte, schlich ich mich auf leisen Pfoten in das Schlafzimmer. Dann gab ich mir einen inneren Stoß und hüpfte auf ihr Bett. Es passierte gar nichts. Langsam ließ ich mich bei ihren Füßen nieder und rührte mich nicht. Ich merkte trotzdem, dass sie wach war, aber sie reagierte überhaupt nicht. Nach ein paar Minuten wurde ich mutiger und kroch zu ihrem Kopfpolster hoch. Wieder geschah nichts. Dort rollte ich mich zusammen und wartete, was nun kommen würde. Auf einmal spürte ich Stefanies Hand, sie strei-chelte ganz vorsichtig mein Fell und sprach leise und beruhigend auf mich ein. Cosma-Fee, das war der schönste Augenblick in meinem Leben, auf einmal war ich wieder froh. Ich wusste nun, dass Stefanie meine Beschützerin war, ich brauchte keine Angst mehr zu haben. Voll Freude, dass ich nun ein schönes Zuhause habe, schlief ich ein. Am nächsten Tag war ich

wie verändert, und Stefanie strahlte mich an und sagte mir, dass ich eine sehr schöne Katze sei. Weil ich ja wachsen würde, passte mein Name „Baby“ nicht mehr, erklärte sie mir und meinte, weil ich so schön bin, werde ich nun Beautiful heißen. So bin ich die Beautiful geworden. Na, ist das nicht toll?“
„Ja, Beautiful, du bist wirklich eine schöne Mieze, mir gefällst du auch sehr gut. Aber warum bist du manchmal so kratzbürstig, wo du doch weißt, dass dir kein Mensch etwas zuleide tun darf?“, wollte ich wissen.
„Das weiß ich manchmal selber nicht, das ist in mir drinnen, obwohl mir meine Attacken manchmal Leid tun. Eigentlich hat mich bei Stefanie noch nie jemand schlecht behandelt, das ist wahr!“, sagte Beautiful zu mir.
„Na, eben, darum kannst du ruhig friedlich sein zu unseren Gästen!“, erwiderte ich.
„Ja, aber bei Alfred habe ich die Wirkung nicht verfehlt, ich bin jetzt noch stolz darauf, dass ich ordentlich zugelangt habe!“
Ich musste herzlich lachen, und Beautiful lachte mit.
„Cosma-Fee, ich wurde in meiner Katzenkinderzeit nur gequält und gejagt. Das vergisst man sein ganzes Leben nicht, ich war nur auf der Flucht. Vor den Menschen, vor den wilden Tieren in den Nächten, wo ich heimatlos war, und im Tierheim hatte ich Angst vor den Menschen, die mich mitnahmen. Sie wollten alle spielen mit mir, aber ich war eben keine Schmusekatze. Als Stefanie ankam, spürte ich, das ist eine Katzenfreundin, darum bin ich auf sie zugelaufen. Ich hoffte sehr, dass ich einmal Glück haben könnte. Wie

du siehst, war mein Instinkt richtig, aber trotzdem habe ich kein Vertrauen mehr zu den anderen Menschen."
Ich verstand meine Beautiful sehr wohl, sie hatte vorher bestimmt kein schönes Leben, darum freute ich mich, dass sie bei Stefanie ihr Glück gefunden hatte.
„Wie lange bist du nun schon hier?", fragte ich meine Freundin.
„Genau ein Jahr war ich bei Stefanie, als du gekommen bist! Ich muss dir ehrlich sagen, als ich hörte, dass eine zweite Katze kommt, war ich nicht erfreut. Ich fürchtete, dass mich Stefanie dann nicht mehr so mag wie bisher. Wenn diese „Neue" eine Schmusekatze ist, dann bin ich nicht mehr ihre liebste Katze, so dachte ich darüber. An dem Tag, als du kamst, nahm mich Stefanie am Morgen auf den Schoß und bat mich, zur neuen Katze sehr lieb zu sein. Sie hätte ihr Zuhause verloren und sei bestimmt sehr unglücklich. Weil ich Stefanie eine Freude machen wollte, darum habe ich dich so höflich begrüßt. Und als ich merkte, wie arm du warst, schloss ich dich sofort in mein Herz, weil ich ahnte, dass du meine Zuneigung brauchst, um über deinen Schmerz hinwegzukommen. Cosma-Fee, jetzt bin ich froh, dass du gekommen bist. Es ist viel schöner, wenn man zu zweit ist. Ich freue mich sehr über dich!"
„Siehst du, meine Beautiful, das Beste an der Geschichte ist, dass uns Stefanie beide sehr gern hat. Ich glaube, sie würde sich nie von uns trennen. Das Leben ist wieder super für mich geworden, und du bist meine beste Freundin!"

So, jetzt kannte ich Beautifuls Lebensgeschichte auch schon. Ich verstand sie nun viel besser, wenn sie ihre grantigen Momente hatte.
„Säbelzahntiger!“, sagte ich dann immer zu ihr.
Das gefiel ihr zuerst gar nicht, aber als sie sich daran gewöhnt hatte, musste sie schon darüber lachen. Wenn wir uns kätzisch unterhielten, gebrauchte ich diesen Namen fast schon wie ein Kosewort.
Ich hatte endlich ein bleibendes Zuhause, eine liebe Freundin, mit der man manchen Streich aushecken konnte. Ich war rundherum zufrieden. Die Erinnerung an meine Kindertage verblasste allmählich. Ich dachte immer weniger an Mike und Corrina, aber vergessen werde ich sie niemals.
Stefanies Freundin Tarota kam wieder einmal zu uns. Aber diesmal brachte sie ihren Kater mit. Ich war ganz aus dem Häuschen. So einen Prachtburschen hatte ich noch nie gesehen. Er war ein rot-weißer langhaariger, wunderschöner Mischling, er sah aus wie eine norwegische Waldkatze. Floro, so hieß dieser Beau, war nicht nur so schön, er war arrogant und von sich eingenommen, so etwas gab es normal gar nicht.
Beautiful ergriff sofort die Flucht und rannte ins Schlafzimmer, um sich unter dem Bett zu verstecken. Da ist wieder einmal ihre Urangst durchgekommen. Aber ich wartete, was sich nun ereignen würde. Ich saß hochmütig auf dem Teppich, nach der Devise: Was dieser Kater kann, kann ich auch. Langsam ging er mit hoch erhobenen Schwanz auf mich zu. Ganz nahe, dass ich beinahe sein Näschen fühlen konnte. Ich sah, dass er grüne Augen hatte und blickte ihn neugierig an. Er

blinzelte und begann zu schnurren. Dann setzte er sich vor mir hin und begann mit mir ein Gespräch.
„Du bist also die neue Katze in diesem Haus?“, wollte er wissen.
„Natürlich, stört dich das vielleicht?“, erwiderte ich keck.
„Aber nein, das stört mich nicht. Ich muss schon sagen, du bist wirklich eine Schönheit. Meine Tarota hat schon erzählt von dir. Komm, erzähle mir etwas von dir, wenn ich schon mal da bin! Wo ist denn deine Freundin hingelaufen, hat sie vielleicht Angst vor mir?“
„Das glaube ich nicht, sie ist nur sehr scheu, aber sonst ist sie eine sehr liebe Gefährtin!“, sagte ich Floro.
Tarota und Floro blieben über zwei Stunden hier. Der rote Kater fing an, mir zu gefallen. Wir unterhielten uns köstlich miteinander. Ich merkte, dass er gar nicht so überheblich war, wie er tat. Er war nur sehr, sehr verwöhnt, aber das sind Beautiful und ich ja auch.
Die Zeit verging viel zu schnell. Tarota nahm ihren Kater wieder und verabschiedete sich von uns. Es wäre schön gewesen, wenn sie noch geblieben wären, wenigstens noch ein Viertelstündchen.
Kaum waren die beiden weg, kam Beautiful aus dem Zimmer.
„Was hat es denn gesagt, dieses Ungeheuer?“, fragte Beautiful.
„Du, der war eigentlich sehr höflich. Er hat gute Manie-ren und sieht blendend aus, ein richtiger Gentleman“, erklärte ich meiner verblüfften Beautiful.

„Wie kann man nur Floro heißen, das klingt ganz nach Feuerwehr, na ja, er ist ja auch rot wie das Feuer, daher der Name“, spottete Beautiful.
Nun war ich doch ein bisschen gekränkt. Wenn Beautiful ein Mensch gewesen wäre, hätte ich gedacht, sie sei vielleicht eifersüchtig. Oder gibt es das bei Katzen auch?
„Cosma-Fee, ich glaube, du hast dich in diesen Casanova verliebt. Das vergeht wieder, glaube mir!“, sagte Beautiful zu mir. Sie musste es ja wissen.
In der Nacht träumte ich von diesem wundervollen Kater namens Floro. Er ging mir sehr lange nicht aus meinem Kopf. Beautiful machte sich immer lustig über mich, aber was weiß meine kleine Freundin schon von meinem Liebseskummer.
Jedes Mal, wenn Tarota zu uns kam, hoffte ich, dass sie Floro wieder mitbrachte. Leider wusste sie nicht, wie schön das für mich gewesen wäre.
Es war wieder einmal Herbst geworden. Es wurde eingeheizt, es war sehr gemütlich bei uns. Stefanie aber veränderte sich. Sie aß sehr wenig, oft war ihr übel, sie ging auch nicht Brötchen verdienen. Sie sah richtig mies aus. War sie etwa krank?
Eines Tages aber stand sie am Morgen nicht auf, sondern blieb jammernd im Bett liegen. Sie war so schwach, dass sie uns nicht einmal füttern konnte. Es gelang ihr gerade noch, ihren Hausarzt anzurufen. Nach nur zehn Minuten war er schon hier und untersuchte unsere Stefanie. Leider konnte er ihr nicht helfen und rief umgehend die Rettung. Das war eine Aufregung für uns, gerade, dass sie noch ihre Mama anrufen konnte, bevor man sie ins Krankenhaus transportierte.

Plötzlich war es ganz still in der Wohnung. Beautiful und ich hatten auf einmal Angst. Nach einer Stunde sperrte Stefanies Mama die Wohnungstüre auf und kam herein. Wir kannten sie ja ohnehin, so dass wir ihr freudig entgegenliefen. Sie wirkte sehr bedrückt, sie machte sich offensichtlich Sorgen um Stefanie. In manchen Situationen wäre es schon ideal gewesen, wenn wir hätten sprechen können, aber das wäre wahrscheinlich der falsche Augenblick gewesen. Die arme Frau hätte sicher der Schlag getroffen, wenn ich sie angesprochen hätte. So waren wir nur auf Vermutungen angewiesen.

Zuerst einmal gab sie uns Futter, dann räumte sie die Wohnung auf. Kurze Zeit später kam eine Nachbarin von Stefanie und bot ihrer Mama an, die Miezen zu versorgen, solange Stefanie im Krankenhaus wäre. Wir waren ganz verstört, wir wussten ja nicht, was mit Stefanie los war.

Frau Lena, so hieß die gute Frau, kümmerte sich sehr um uns. Nur mit Beautiful hatte sie schon große Schwierigkeiten. Jedesmal, wenn Lena kam, versteckte sich Beautiful unter dem Bett. Alles Locken half überhaupt nichts, sie wollte nicht. Ich kannte ja meine störrische Beautiful, aber Lena hatte keine Ahnung, wie kratzbürstig Beautiful war. Wenn die Nachbarin aus der Wohnung ging, kam Beautiful hervor und verspeiste ihr Futter.

Alle kümmerten sich rührend um uns. Entweder kam die Mama oder Frau Lena. Auch Tarota und ihr Mann besuchten uns. Sie brachten uns frisches gewürfeltes Fleisch mit, das war ein Happen!

Wenn wir alleine waren, und das waren wir den ganzen restlichen Tag, redeten wir darüber, wie das jetzt wohl weitergeht. Wir hatten keine Ahnung, wann Stefanie wiederkommen würde. So vergingen fast drei Wochen. Ich hatte die Hoffnung schon aufgegeben, dass Stefanie wieder kommt.

Aber meine Beautiful sagte: „Da brauchst du dir keine Gedanken machen, Stefanie kommt wieder. Sonst hätten sie uns schon weggebracht, glaube mir. Wenn sie wieder gesund ist, kommt sie aus dem Krankenhaus. Ich spüre das. Es wird nicht mehr lange dauern. Ich freue mich schon, wenn alles wieder beim Alten ist."

Es vergingen weitere Tage des Alleinseins, als ich bemerkte, dass Beautiful nichts futterte. Sie hatte zwar Hunger, aber nach dem ersten Bissen machte sie kehrt und rollte sich auf ihrem Platz zusammen.

„Was hast du denn? Warum frisst du nicht? Schmeckt es dir nicht, oder bist du traurig, weil Stefanie noch nicht da ist?", fragte ich sie.

„Hunger habe ich schon, wie du dir denken kannst, aber mir tut mein unterer Beißzahn weh. Das kannst du dir gar nicht vorstellen, was das für ein höllischer Schmerz ist", jammerte sie.

„Komm, lass mich mal sehen, mach dein Goscherl auf", forderte ich Beautiful auf.

Sie zeigte mir ihren wehen Zahn sofort.

„Oje, Beautiful, der ist ja abgebrochen, das glaube ich dir, dass er dir weh tut. Ach, was sollen wir machen? Du darfst jetzt nur ganz weiche Sachen verspeisen, damit du nicht zusammenbeißen musst."

Den ganzen Tag döste sie dahin und jammerte leise. Am Abend kam Tarota mit Oscar vorbei und sahen sofort, dass mit Beautiful etwas nicht stimmte. Erst einmal war sie nicht unter das Bett geflüchtet, das war schon verdächtig. Tarota wollte sie aufheben und ihr ins Mäulchen blicken, aber das misslang kläglich. Beautiful wehrte sich, als ob es um ihr Leben ginge, selbst mit Oscars Hilfe war meiner Beautiful nicht beizukommen. Das Einzige, was dabei herauskam, war ein zerfetzter Lederhandschuh. Obwohl ich Beautiful gut zusprach, es war umsonst, sie wollte nicht!

„Wir müssen sie morgen zum Tierarzt bringe, ich glaube, sie hat einen kaputten Zahn, die Ärmste, aber wie sollen wir das anstellen, die wehrt sich ja mit Zähnen und Krallen, wie ein Raubtier. Es ist schade, dass sie nicht weiß, dass wir ihr helfen wollen!“, sagte Tarota zu Oscar.

Am nächsten Tag kam Lena wieder und fütterte uns, das heißt mich. Sie reinigte noch unser Kisterl und ging wieder nach Hause.. Als wir allein waren, kroch Beautiful wieder hervor und stürzte sich mit Heißhunger über ihr Futter

„Ja, Beautiful, ist dein Zahn wieder gut?“, fragte ich voll Freude.

„Er ist mir heute in der Nacht herausgefallen, schau in mein Mäulchen, er ist weg. Ich bin froh, denn nun kann ich wieder ordentlich fressen, wie es sich für eine Katze gehört.“.

Kaum hörten wir den Schlüssel an der Tür, verschwand Beautiful sofort unter dem Bett. Tarota und Oscar kamen mit einem Katzenkorb und wollte Beautiful zum Arzt bringen. Ich weiß, sie wollten nur das Beste für sie, aber sie konnten sie nirgends finden, und ich

konnte es ihnen ja nicht sagen. Sie streichelten und liebkosten mich noch, dann gingen sie wieder weg. Beautiful kam sofort hervor, rieb ihr Köpfchen an meinem und maunzte ein zärtliches „Danke“, weil ich nicht verraten hatte, wo sie war. Beautiful und ich, wir waren schon ein tolles Team.
Stefanie fehlte uns sehr. Wann wird sie endlich kommen? Wir wurden zwar bestens versorgt und konnten nicht klagen, aber es war nicht so, wie wir es gewöhnt waren.
Eines Tages, es waren schon drei Wochen vergangen, kam eine liebe Frau zu uns. Wie sich herausstellte, war sie eine nahe Verwandte von Stefanie. Sie brachte die Wohnung auf Hochglanz, überzog die Betten neu und wirbelte mit dem Staubsauger, dass wir nicht wussten, wohin wir flüchten sollten. Sie sprach freundlich auf uns ein, gab uns Leckerbissen und machte einen fröhlichen Eindruck.
„Was hat das zu bedeuten?“, fragte ich Beautiful.
„Das kann ich dir schon sagen: Stefanie kommt nach Hause, ich spüre es förmlich. Glaubst du, dass diese Cousine sonst so heiter gewesen wäre, wenn es Stefanie schlecht ginge?“, belehrte sie mich.
„Du hast Recht, Stefanie kommt. Wir werden ganz brav sein und keine Streiche spielen, damit sie sieht, welch liebe Kätzchen sie hat. Dass du Oscar gekratzt hast, verzeiht sie dir ganz bestimmt!“
Wir warteten den ganzen lieben Tag, aber unsere Stefanie kam nicht. Traurig legten wir uns auf Stefanies Bett und versuchten zu schlafen. Was ist nur geschehen? Wir konnten uns das nicht erklären. Wir kuschelten uns zusammen und schliefen endlich ein.

Am Morgen kam wieder Lena und fütterte uns, neues Katzenstreu bekamen wir auch, dann verschwand sie wieder sehr schnell. Etwas später kam Tarota mit einem wunderschönen Adventskranz, den sie auf den Wohnzimmertisch stellte, nach einer weiteren halben Stunde kam Stefanies Mama und stellte frische Nelken in einer Vase auf den Tisch.

„So", sagte meine kluge Beautiful, „jetzt kommt Stefanie nach Hause, da gibt es keinen Zweifel mehr!"

„Ich hoffe, du hast Recht", antwortete ich, und gerade in diesem Augenblick hörte ich, wie die Türe aufgesperrt wurde. Wir verkrochen uns in eine Ecke und warteten. Die Türe ging auf – und herein kam unsere Stefanie! Wir freuten uns wie die Irren. Wir sprangen an ihr hoch, jede von uns beiden wollte zuerst gestreichelt werden. Aber ich muss sagen, Stefanie war sichtlich froh, wieder hier zu sein. Sie sah ganz mager aus, ihr Gesicht war schmal und ihre Nase wirkte spitz. Man sah, dass sie noch nicht gesund war. Das spielte aber im Moment keine Rolle. Für uns war das Wichtigste, dass sie wieder bei uns war.

„Meine Lieblinge, ich freue mich, dass es euch gut geht. Jetzt kommt alles wieder in Ordnung. Kommt her und lasst euch liebkosen, wie ist es euch denn ergangen? Aber ich sehe, Lena hat euch gut versorgt, sie hat mich heute aus dem Krankenhaus geholt, und jetzt bin ich wieder bei euch!"

Es waren noch drei Wochen bis Weihnachten, Stefanie war bei uns zu Hause, weil sie sich erst erholen musste. Wir hatten eine wunderschöne Zeit. Wir konnten uns gar nicht vorstellen, dass sie wieder unsere Brötchen

verdienen musste. Sie nahm wieder an Gewicht zu, und allmählich merkte man, dass sie wieder ganz gesund wurde. Sie hatte mehr Zeit für sich und auch für uns. Da das Christkind vor der Tür stand, buk sie Kekse und göttlichen Lebkuchen. Sie verzierte alles mit Zuckerglasur, Perlen und Lebensmittelfarbe, es war köstlich. Der Geruch in der Wohnung war verführerisch zum Naschen. Wir wussten, dass jetzt Weihnachten kam. Endlich war es so weit.
. Ich erinnerte mich an meinen ersten Heiligen Abend bei Corrina und Mike, das war der schönste meines Lebens. Ob sie wohl noch an mich dachten? Auf einmal war ich ganz traurig. Beautiful schmiegte sich an mich und tröstete mich.
„Ich weiß, was du jetzt denkst, ich kann es dir nachfühlen, aber bei uns war es auch immer schön. Stefanie freut sich schon so, weil sie wieder gesund ist und wir bei ihr sind, komm, sei wieder fröhlich!“ munterte sie mich auf.
„Beautiful, es waren nur Erinnerungen, es ist schon vorbei“, gab ich ihr zur Antwort. So war es auch: Ich hatte mich an Beautiful schon so gewöhnt, dass ich nie mehr ohne sie sein mochte. Ich war rundherum zufrieden.
Stefanie schleppte einen schönen Tannenbaum an, eine Pracht. Sie holte aus dem Keller einen Koffer, voll mit altem schönem Weihnachtsschmuck. Was es da alles zu sehen gab. Es knisterte und raschelte, dass es nur so eine Freude war. Diese Girlanden waren eine Wucht. Stefanie musste uns beim Schmücken des Baumes aus den Girlanden herauslösen. Wir waren komplett ausgeflippt. Dann kraxelten wir am Stamm empor und lang-

ten nach den Lamettafäden. Stefanie hatte sehr viel Geduld mit uns, das muss ich schon sagen. Endlich war dieser Traum von einem Baum fertig. Nun legte sie noch hübsch verpackte Geschenke unter den Baum, dann konnte das Fest beginnen.
Gegen Abend kamen Stefanies Eltern, um mit uns zu feiern. Stefanie hatte schon am Nachmittag ein tolles Weihnachtsmenü vorbereitet, so dass sie jetzt mit uns feiern konnte und nicht in der Küche stehen musste.
Was es da alles zu sehen gab, war eine Wucht. Stefanie wünschte allen „Fröhliche Weihnacht", dann wurde „Stille Nacht"" gesungen und endlich die Geschenke ausgepackt. Das war ein Hallo! Beautiful und ich tobten in den Schachteln und im Papier herum, es war ein Rascheln und Knistern, einfach kätzisch! Als Stefanie und ihre Eltern die Geschenke ausgepackt hatten, bekamen auch wir beide ein Weihnachtsgeschenk.
Ein Rattankorb mit einer flauschigen Decke stand unter dem Baum. Darin hatten wir beide locker Platz. Sollte das vielleicht heißen, dass wir nicht mehr in das Schlafzimmer dürfen? Das will ich aber nicht hoffen! Wer würde denn dann Stefanie in der Früh wecken? Aber diese Sorge war unbegründet, denn wir durften unsere gewohnten Ruheplätze für die Nacht behalten. Das Fest war wirklich schön geworden. Beautiful und ich waren glücklich, dass Stefanie wieder gesund war und dass wir ein schönes Heim hatten. Was können sich Katzen Besseres wünschen? Wir hofften, dass alles so bleiben möge.

Am nächsten Tag schliefen wir lange und dösten noch den ganzen Vormittag dahin. Nach dem Mittagessen hatten wir wieder volles Haus. Unsere Nachbarn kamen uns besuchen, dann kam Tarota mit ihrem Mann zu uns. Und welche Freude: sie hatte Floro mitgebracht. Ich war komplett ausgeflippt vor Freude. Beautiful verzog sich sofort ins Schlafzimmer, denn dieser Rummel war ihr zu viel. Floro und ich setzten uns ins neue Körbchen und bemaunzten uns gegenseitig. Tarota und Stefanie waren ganz weg, weil wir so friedlich beisammen saßen und um die Wette schnurrten.
„Ich freue mich irrsinnig, dass du gekommen bist! Wie hast du das angestellt, dass sie dich mitgenommen haben?“, fragte ich Floro.
„Ich habe gehört, wie sie gesagt haben, dass sie zu Stefanie gehen. Da bin sofort zur Eingangstüre und habe sie blockiert. Ich habe geschnurrt wie ein Moped und sie angesehen, als wenn sie mich verlassen wollten. Auf die Tour: Arme-Leute-Katze, lassen mich allein! Mein Frauchen sagte auf einmal: „Willst du etwa deine schöne Freundin Cosma-Fee wiedersehen, du Schlingel? Die gefällt dir. Was? Habe ich Recht?“ Als Antwort sprang ich sofort an ihr hoch, und so nahm sie mich mit. So einfach ist das!“ Dann schnurrte er zufrieden.
„Und nun bin ich da, meine liebe Freundin. Du bist wirklich eine schöne Katze. Ich wette, du siehst bestimmt zehnmal am Tag in den Spiegel, damit du nicht vergisst, wie schön du bist!“
„Zehnmal nicht, Floro, aber jedes Mal, wenn ich beim Spiegelschrank vorbeikomme, werfe ich schon immer einen schnellen Blick hinein, aber eitel bin ich nicht.

Ich weiß es ja ohnehin, dass ich attraktiv bin. Du, Floro, bist ja auch ein prächtiger Kater, Tarota und Oscar haben bestimmt große Freude mit dir."
„Nicht immer, liebe Cosma-Fee, ich kann manchmal sehr grantig sein, dann dürfen sie mich nicht anfassen, da will ich meine Ruhe haben. Am meisten hasse ich diese Fotografierstunden, wo ich immer als brave Katze posieren muss. Dann haben sie manchmal noch so dumme Einfälle und richten mich her wie ein Turnierpferd. Da kommt Freude auf, das kannst du mir glauben. Aber meistens lasse ich diese Attacken an mir vorübergehen, schließlich haben sie ihre Freude daran, und außerdem geht es mir ja nicht schlecht bei den beiden. Sie sind gute Katzenmenschen, und sie lieben mich sehr."
„Ja, das Filmen, das habe ich auch schon erlebt. Stefanie will mich nur auf bestimmten Platzerln, und da soll ich womöglich auch noch stillsitzen. Bei Beautiful ist das etwas anderes. Die kann man nur knipsen, wenn sie döst oder schläft, ansonsten ergreift sie die Flucht. Beautiful ist da direkter. Ich bin von Natur aus eine sehr gutmütige Katze, mir ist das eigentlich egal. Wenn Stefanie ihre Freude daran hat, soll es mir recht sein."
Wir unterhielten uns noch sehr lange, weil Tarota und ihr Gatte einmal länger sitzen blieben. Das war für Floro und mich sehr erfreulich. Floro versprach, beim nächsten Besuch wieder mitzukommen.
„Es ist toll, in der Nachbarschaft eine Freundin zu haben, ich komme wieder, meine liebe Cosma-Fee. Grüße die Beautiful von mir und sage ihr, sie braucht

sich vor mir nicht zu fürchten, ich werde ihr bestimmt nichts tun."
So gesehen war Weihnachten für mich einfach himmlisch. Als alle weg waren, gesellte Beautiful sich wieder zu mir.
„Na, was hat er dir denn alles erzählt, dein roter Verehrer?", wollte sie wissen.
„Beautiful, wenn er wieder zu Besuch kommt, musst du hierbleiben. Du wirst sehen, wie nett und charmant er plaudern kann. Er würde sich bestimmt freuen, auch dich kennen zu lernen, das weiß ich ganz genau!"
Wir waren wieder einmal allein in der Wohnung. Stefanie machte irgendeinen Verwandtenbesuch und würde bestimmt nicht vor Mitternacht nach Hause kommen. Den ganzen Nachmittag träumten und dösten wir dahin. Erst gegen Abend wurden wir munter und quietschvergnügt, jetzt waren wir ausgeschlafen und hellwach.
„Spielen wir Verstecken oder jagen wir unsere Fellmäuse durch die Gegend?", wollte Beautiful wissen.
„Ich würde sagen, eines nach dem anderen, zuerst die Fellmäuse, und zum Ausklang verstecken wir uns, denn dann sind wir schon müde", schlug ich meiner Freundin vor.
„Na, dann kann es ja losgehen mit unseren Mäusen!", lachte Beautiful, und die wilde Jagd begann. Wir wurden immer schneller und tollten im Zimmer herum, das war ein Mordsspaß für uns beide. Ehe wir uns versahen, spielten wir nicht mehr mit den Mäusen, sondern Fangen. Da war natürlich Beautiful die Schnellere von uns beiden. Ich erwischte sie natürlich nie, höchstens dann, wenn ich ihr auflauerte und sie

vorbeirannte. Da ging es von der Küche über das Wohnzimmer und wieder zurück. Bei Beautiful hatte man den Eindruck, dass sie fliegt, so schnell war sie, und es machte ihr sichtlich Spaß. Völlig außer Atem, während einer Ruhepause fragte ich:
„Sag mal, wieso kannst du so rennen, mit dir kommt ja nicht einmal ein Windhund mit, mir geht nach der zweiten Runde schon die Puste aus!“
„Als kleine Katze in der Freiheit, die für mich gar nicht so lustig war, habe ich gelernt zu laufen. Ich war immer auf der Flucht, das vergisst man nie. Heute brauche ich ja nicht mehr davonlaufen, aber rennen kann ich noch immer, wenn ich auch nicht mehr so jung bin. Und beim Mäusefangen muss man auch sehr schnell sein, sonst verhungert man. Das ist eben das Katzenleben. Wir brauchen uns nicht mehr um die Nahrung zu kümmern, aber die Landkatzen sind darauf angewiesen. Manchmal kann ich es gar nicht glauben, dass es mir so gut geht“, erzählte mir Beautiful.
„Ich habe noch nie eine lebendige Maus gesehen, nur Spielzeugmäuse, daher weiß ich auch nicht, wie man Mäuse fängt. Aber mir würden diese armen Mäuschen wahrscheinlich Leid tun.“
„Das glaube ich dir, meine Liebe, du hast ja auch noch nie Hunger gelitten, denn da sieht das ganz anders aus. Heute würde ich auch keine Maus mehr verspeisen, aber fangen schon, ja, das würde ich schon noch, das ist in jeder Katze drinnen, dieser Jagdtrieb.“
Plötzlich sah ich Beautiful mit ganz anderen Augen. War sie wirklich so eine Jägerin gewesen? Ich bewunderte meine Beautiful, sie hat bestimmt keine gute

Kinderkatzenzeit gehabt. Ich war froh, dass sie bei Stefanie gelandet ist und wir jetzt beisammen sein konnten. Ohne meine Freundin hätte ich mich bestimmt nicht so schnell an meine neue Umgebung gewöhnt, dafür werde ich ihr immer dankbar sein.
Wir ruhten uns von der anstrengenden Jagd erst einmal aus, dann beschlossen wir, Verstecken zu spielen. Beautiful hatte es da leichter, weil sie kleiner war und im kleinsten Versteck Platz hatte. Bei mir war das etwas anderes. Ich war viel größer und schwerer. Beautiful konnte auf jeden Kasten springen, ich leider nicht. So waren meine Verstecke meiner lieben Beautiful nach kürzester Zeit alle bekannt. Ich hingegen suchte sie oft sehr lange, bis ich sie entdeckte, dabei hielt sie mich oft zum Narren. Kaum hatte ich sie entdeckt, war sie schon wieder woanders. Mit der Zeit wurde das für mich sehr anstrengend.
„Für heute habe ich genug!“, sagte ich zu ihr, „wir spielen morgen weiter. Dann trollte ich mich zu meiner Futterschüssel und stärkte mich vorerst einmal.
Gegen Abend war unsere Stefanie noch immer nicht da. Das Telefon hatte inzwischen mindestens fünfmal geläutet, aber wir konnten Gott sei Dank den Hörer nicht abheben, sonst hätten wir womöglich auch noch Telefondienst machen müssen. Doch Spaß beiseite, sie würde bestimmt gleich kommen.
„Schau einmal, was auf dem Christbaum alles hängt, es glitzert und blinkt, richtig hübsch ist das“, meinte Beau-tiful und umrundete den Baum.
„Und die Windbäckerei, ist das nichts?“, fragte ich sie.
„Du denkst nur ans Futtern“, verlautete meine Beautiful, wobei sie eigentlich Recht hatte. Das Verspeisen

von Leckereien bereitete mir höchstes Wonnegefühl. Beautiful hingegen futterte wirklich nur, wenn sie Hunger hatte. Vielleicht bin ich deshalb etwas größer als sie.

„Weißt du, Cosma-Fee, du solltest etwas weniger zu dir nehmen, du wirst sonst übergewichtig, das ist nicht gut für eine Katze. Wenn ich so schwer wie du wäre, könnte ich nicht so laufen, außerdem ist es nicht gesund. Ich wäre sehr unglücklich, wenn dich der Schlag treffen würde!", sagte meine Beautiful ganz ernsthaft zu mir.

„Denke einmal darüber nach, ich meine das ernst und gut mit dir", fügte sie noch hinzu.

„Ja, Beautiful, aber eine Portion Schlagobers ist schon eine Sünde wert", wehrte ich mich, „aber lass uns von etwas anderem reden. Kosten wir die Windbäckerei, sie sieht verführerisch aus. Du wirst sehen, sie schmeckt dir auch. Ausnahmsweise, ist ja Weihnachten, die Menschen essen ja auch Süßigkeiten", versuchte ich, Beautiful zu verführen.

„Mir schmeckt dieses süße, pickige Zeug nicht, aber wenn du unbedingt willst, so helfe ich dir, die Köstlichkeit vom Baum zu holen. Ich halte den Ast und du ziehst an. Du wirst sehen, das schaffen wir leicht!"

Dann gingen wir ans Werk. Die ersten drei Stücke hatten wir sehr schnell geschafft, das vierte wollte nicht. Beautiful hielt den Ast fest, ich zog an der Bäckerei. Auf einmal brach das Ästchen ab, und der ganze Baum fiel auf mich. Es gab einen Krach, ein Rauschen und ein Klirren: dann war es mäuschenstill. Wir beide hatten den wunderbaren Baum zu Fall gebracht, und das Schlimme an der Sache war, dass der uralte, kostbare Glasschmuck zu Bruch gegangen war, oder sagen wir, fast alles. Jetzt saßen wir da. Und das nur wegen ein paar Zuckerstückchen.

„Jetzt haben wir die Bescherung, nun ist guter Rat teuer. Am besten, wir verstecken uns und warten ab, bis Stefanie kommt. Ich befürchte, sie wird sehr böse sein. Hoffentlich müssen wir nicht weg, denn sie wird mit uns keine Freude mehr haben", jammerte Beautiful.

Wir verkrochen uns in den Wäscheschrank und harrten der Dinge, die kommen würden. Beautiful sah mich verzweifelt an. Ich wusste, was sie dachte. Meine Fresssucht war schuld, dass wir jetzt dieses Problem hatten. Ich sah sie traurig und schuldbewusst an und sagte zu ihr:

„Liebe Beautiful, es tut mir schrecklich Leid, das wollte ich wirklich nicht. Aber was immer auch geschieht, ich werde bei dir bleiben, und wenn wir ins Tierheim müssen. Es kann aber auch sein, dass uns Stefanie verzeiht, wir wollen es wenigstens noch hoffen!"

Es war lange nach Mitternacht, als Stefanie kam. Wir hatten ohnehin kein Auge zugetan, so nervös waren wir. Sie kam ins Wohnzimmer, drehte das Licht auf – und erstarrte.

„Um Gottes Willen!", hörten wir sie sagen.

„Cosma-Fee, Beautiful, wo seid ihr? Ich drehe euch den Kragen um, so etwas, mein schöner Weihnachtsschmuck, warum ist das passiert?"

Sie begann, uns in der Wohnung zu suchen. Wir machten uns ganz klein, damit sie uns nicht entdeckte. Wir hatten uns hinter einem Stoß Handtüchern verkrochen, so dass sie uns nicht bemerkte, wir gaben ja

auch keinen Piepser von uns, solche Angst hatten wir. Sogar Beautiful war nicht wohl in ihrer Haut, obwohl sie schon so viel erlebt hatte. Ich spürte es direkt hautnah, es war eine böse Situation.
„Um Himmels Willen, die werden doch kein Lametta gefressen haben, das ist sehr giftig, am Ende sind sie gestorben und liegen irgendwo in der Wohnung. Nein, das wäre fürchterlich, ja sogar ganz schrecklich, was soll ich nun tun?“, hörten wir von Stefanie.
„Cosma-Fee, Beautiful, kommt her zu mir. Das Wichtigste ist, dass euch nichts geschehen ist, Christbaumschmuck kann man wieder kaufen, aber euch nicht! Bitte, bitte, bitte, rührt euch, ich werde euch nichts tun, nur kommt bitte zu mir, damit ich weiß, dass es euch gut geht!“
„Wir sollten zu ihr gehen, sie hat uns schon verziehen, wir haben noch einmal Glück gehabt, komm Cosma-Fee, und schau bitte recht unschuldig drein, du weißt, dann kann sie uns sowieso nicht böse sein!“, forderte Beautiful mich auf und lächelte.
Wir krochen aus dem Schrank und gingen auf Stefanie zu.
„Ihr habt mich aber in Angst und Schrecken versetzt, kommt her zu mir, es ist alles gut: Hauptsache, wir drei sind gesund und haben uns!“
Sie drückte und knuddelte uns und konnte sich kaum beruhigen. Sie legte uns in das neue Körbchen und begann die Scherben einzusammeln und zu entsorgen. Dann stellte sie den Baum wieder auf. Er sah zwar jetzt sehr „abgeräumt“ aus, aber Stefanie meinte, er wäre auch ohne Glas sehr schön.

In der Nacht durften wir natürlich bei Stefanie im Zimmer schlafen.
„Hast du gewusst, dass Lametta giftig ist?“, fragte mich Beautiful, bevor wir einschliefen.
„Nein, Beautiful, du vielleicht?“
„Ich auch nicht, aber es war unsere Rettung, findest du nicht auch?“, freute sie sich.
Die nächste Zeit verlief sehr friedlich und harmonisch für uns. Stefanie ging wieder Brötchen verdienen, es war alles wie gewohnt. Stefanie bekam eine neue Kollegin, mit der sie sich anfreundete. Sie hieß Maxi und war ein nettes Persönchen. Sie war ein naturverbundener Mensch und überredete Stefanie immer zu langen Spaziergängen. Stefanie saß lieber daheim und spielte Klavier oder nähte sich wieder einmal etwas Schickes. Aber Maxi ließ nicht locker, und so kam Stefanie schön langsam auf den Geschmack, wie schön und erholsam solche Wanderungen sind. Und jetzt kommt das Tollste: Maxi hat einen Hund, einen Dobermann. Maxi nahm ihn aber nie mit in die Wohnung, weil Stefanie Angst hatte, er könnte uns etwas zu Leide tun, obwohl sie versicherte, dass Hercules lammfromm sei. Ein lammfrommer Dobermann, das konnte ich mir beim besten Willen nicht vorstellen. Ich war aber trotzdem froh, dass er im Auto warten musste, man kann ja nie wissen, was so einem Riesenhund einfällt, wenn er uns sieht.
Eines Tages, es war regnerisch und kühl, kamen die beiden Damen von einem Spaziergang zurück. Stefanie schickte uns sofort ins Schlafzimmer, erst dann konnten ihre Gäste hereinkommen. Beautiful und ich lugten vor-sichtig durch die Glastüre und sahen Hercules. Ich

habe schon gewusst, dass Hunde üblicherweise größer als Katzen sind, aber das da draußen war ein Riese. Gut, dass uns Stefanie ins Zimmer verfrachtet hatte, denn mich hätte wahrscheinlich vor lauter Schrecken der Schlag getroffen. Hercules legte sich artig vor die Couch und beschnüffelte unser Körbchen, welches darunter stand.

„Hercules schnuppert deine Katzen, er ist sie gewöhnt, weil ich ja auch drei Katzen außer Hercules besitze. Er liebt Katzen über alles."

„Hast du gehört? Ein Hund, der Katzen mag. Kunststück, bei dieser Größe kann er sich das leisten. Glaubst du, sollen wir rausgehen? Trauen wir uns?", meinte Beautiful.

„Im Ernstfall wird uns Stefanie schon beschützen, ich wäre schon sehr neugierig auf diesen Hund, was er spricht und wie er riecht. Komm, wir pratzerln auf die Glastüre, damit uns die Türe aufgemacht wird", antwortete ich ihr.

Siehe da, Stefanie machte vorsichtig die Türe auf, und wir lugten einmal vorsichtig hinaus in das Wohnzimmer. Hercules hatte uns sofort entdeckt und sah uns mit seinen schönen Augen direkt an. Er blieb aber sitzen und rührte sich nicht vom Fleck, man sah, er war sehr gut erzogen und hatte Manieren. Beautiful zog vorsichtshalber den Rückzug an .

„Ich traue dem Frieden nicht, im Ernstfall könnte das eventuell schlecht ausgehen, obwohl er es mit mir nicht leicht hätte, das kann ich dir verraten. Ein gezielter Prankenhieb auf die Schnauze ist nicht gerade angenehm für einen Hund", maunzte Beautiful mir zu.

„Geh, Beautiful, du bist ja nicht in der Wildnis, habe keine Angst. Komm, wir gehen ein Stück auf ihn zu und setzen uns in angemessener Entfernung nieder, so dass wir rechtzeitig laufen können, wenn es brenzlig wird“, versuchte ich, Beautiful zu überreden.
„Vorsicht ist die Mutter der Porzellankiste, Cosma-Fee. Aber gehe allein, und wenn es gefährlich wird, gebe ich dir Rückendeckung, da kannst du dich drauf verlassen!“, zog sich Beautiful aus der Affäre.
Neugierig wie ich war, stolzierte ich hoheitsvoll auf unseren Gast zu. Wenn er angreifen würde, bekäme er meine Zähne und meine Krallen zu spüren, aber Stefanie und Maxi waren ja auch noch da, es würde schon klappen.
„Willkommen in meiner Wohnung, mein Name ist Cosma-Fee, und wer bist du?“, fragte ich Hercules mutig.
Hercules wedelte mit dem Schwanz und streckte mir seine große Pfote entgegen.
„Ich bin Hercules, aber sag, hast du gar keine Angst vor mir, ich bin ja doch viel größer als du, obwohl Katzen sich sehr gut verteidigen können“, sagte der große Hund zu mir.
„Du hast schon irgendwie Recht, ganz geheuer ist mir ja nicht dabei, aber ich merke, dass du ein sehr freundlicher Geselle bist. Einmal umgekehrt: Hast du keine Angst vor meinen Krallen? Du hast ja eine sehr empfindliche Schnauze, so dass ein Angriff meinerseits bestimmt nicht angenehm für dich wäre“, erklärte ich Hercules.
„Aber Cosma-Fee, aus dir spricht die Unsicherheit mir gegenüber. Ich mache dir einen Vorschlag: Statt uns

gegenseitig vorzumachen, welche Waffen wir besitzen, könnten wir uns ja einfach ganz gewöhnlich unterhalten. Ich habe schon gehört, dass du eine schöne Katze bist. Wenn ich ein Kater wäre, würde ich mich bestimmt sofort in dich verlieben, aber leider bin ich nur ein Hund!"
Darüber musste ich wirklich sehr herzlich lachen.
„Ich muss sagen, du bist ein sehr charmanter Hund, also gut, ich bin auch dafür, dass wir uns nett unterhalten. Leider traut sich die Beautiful nicht heraus, sie wäre bestimmt auch ganz begeistert von dir, wenn sie merken würde, wie freundlich du bist!", sagte ich zu dem großen Hund.
„Ich habe daheim drei Katzen, da kannst du dir ja vorstellen, wie ich da manchmal unter Stress stehe. Sie sind so temperamentvoll und lebhaft, dass mir schon öfter die Puste ausgeht. Ich muss mich trotz meiner Größe manchmal schon wehren ... Die glauben, sie können alles mit mir anstellen. Sie wissen natürlich, dass ich mir alles gefallen lasse, darum werden sie manchmal grob, ohne es zu wollen. Dann nehme ich sie einfach am Genick und trage sie in ihr Körbchen. Erst dann wissen sie, dass Ruhe sein muss. Komm, hole deine Freundin aus dem Zimmer, ich möchte sie gerne kennen lernen. Ich habe sie nur kurz gesehen, sie macht einen herzigen Eindruck. Sie ist bestimmt eine liebe Katze", forderte Hercules mich auf.
„Ich weiß nicht, ob das eine gute Idee ist. Meine Beautiful besteht nämlich hauptsächlich aus Zähnen und Krallen, sie kennt kein Pardon, darum nenne ich sie manchmal liebevoll ‚meinen Säbelzahntiger'. Sie hat

kein Vertrauen, weder zu den Menschen, noch zu den Tieren. Eigentlich schade, denn du würdest ihr wahrscheinlich schon gefallen“, klärte ich ihn über meine Beautiful auf.

„Sie würde dir bestimmt die Schnauze zerkratzen, vor lauter Angst, aber ich werde ihr bestimmt von dir erzählen. Vielleicht kann ich sie dann von dir überzeugen, so dass mein Säbelzahntiger beim nächsten Besuch mutiger ist“, meinte ich.

„Was heißt hier ‚Säbelzahntiger’, das muss ich mir verbitten!“, hörte ich auf einmal sagen.

Ich sah, wie Beautiful ganz beherzt auf Hercules zuging und sich mutig zwischen seine Pfoten legte. Sie hatte ja Platz, ich muss sagen, das hätte ich ihr nie zugetraut, ich war richtig stolz auf sie.

„Ich bin die Beautiful und habe nicht nur Zähne und Krallen, ich kann auch sehr freundlich sein. Darf ich mein Köpfchen an dir reiben und dich ein bisschen anschnurren, damit du von mir einen guten Eindruck hast? Ich habe gehört, du lebst mir drei Katzen, da kannst du nicht böse sein. Hoffentlich kommst du uns öfter besuchen, das wäre eine tolle Abwechslung!“

Nun war ich aber platt. Das war nicht meine Beautiful. Ich freute mich so, dass sie endlich einmal über ihren eigenen Schatten gesprungen war. Sie hatte endlich erkannt, dass sie nur geliebt wird, am allermeisten von mir.

Maxi und Stefanie unterhielten sich noch lange und tranken Unmengen von Kräutertee.

„Ich bin froh, dass sich Hercules mit deinen Miezen verträgt, da kann ich nämlich ein bisschen länger bleiben, weil er nicht im Auto auf mich warten muss.

Im Allgemeinen fürchten sich die Menschen vor ihm, weil er so ein „Kalb“ ist. Die wenigsten wissen, dass er gutmütig ist. Ich will keinen Kampfhund, sondern einen treuen Begleiter, der mich im Notfall beschützt. Du solltest sehen, wenn ich mit ihm in der Stadt gehe, mit Beißkorb und Leine. Die meisten Leute weichen uns aus, weil sie sich vor Hercules fürchten, weil sie nicht wissen, wie gutmütig mein Hündchen ist. Die bissigen Hunde werden nur vor ihren unüberlegten Besitzern dazu gemacht, von Natur her sind alle Hunde gutmütig. Mein „Schoßhündchen“ macht mir viel Freude. Ein Leben ohne Tiere ist einfach unvorstellbar für mich. Ich glaube, dir geht es genauso“, meinte Maxi.
„Ja, ohne meine zwei Ladys wäre mein Leben eintönig und fad, obwohl ich manchmal auch Ärger mit ihnen habe, aber das wiegt das Zusammensein mit den beiden nicht auf“, stimmte Stefanie ihr zu.
Anschließend erzählte Stefanie ihrer Kollegin von der Christbaumgeschichte, worüber die beiden im Nachhinein noch herzlich lachten.
„Ich habe immer gesagt, nichts wird so heiß gegessen wie gekocht!“, sagte meine naseweise Beautiful dazu. Sie ist wirklich eine kluge Katze, und sie hat immer Recht.
Es war spät am Abend, als Maxi und unser neuer Freund Hercules uns verließen. In Zukunft würden wir uns öfter sehen, weil er nun mitkommen konnte. Ein gut erzogener Hund ist wirklich Goldes wert!
Wir unterhielten uns noch eine ganze Weile über unseren neuen Freund. Beautiful war wie ausgewechselt; sie

hatte keine Angst mehr vor Hunden, noch dazu vor so großen, wie unser Hercules.
„Warum sagen die Menschen oft: zwei wie Hund und Katz! Verstehst du das?“, fragte ich.
„Da siehst du wieder, was das für ein Unsinn ist. Wenn sich Hund und Katze mögen, sehe ich keinen Grund für Streitereien. Es wird aber deshalb so sein, weil die beiden in der freien Natur Feinde sind. Beide stammen von Raubtieren ab, aber ihre Gebärdensprache ist sehr verschieden, daher kommt es immer wieder zu Missverständnissen zwischen den beiden“, belehrte mich meine Freundin, sie hatte ja diesbezüglich Erfahrung.
„Findest du nicht auch, Hercules hat so schöne treuherzige Augen. Er kann sich das leisten, gutmütig zu sein, denn wer würde sich schon an ihn heranwagen? Ich freue mich schon, wenn er uns wieder besucht, wir werden bestimmt noch viel Spaß mit ihm haben. Am meisten freue ich mich darüber, dass du keine Angst mehr hast. Ich weiß, du bist eine sehr mutige Katze, ich bin sehr stolz auf dich. Wenn Floro wieder einmal kommt, musst du auch dabei sein, dann erzählen wir ihm von unserem neuen Freund“, schlug ich vor.
„Okay, liebe Cosma-Fee, ich verspreche es dir, ich weiß, mit dir an meiner Seite kann nichts passieren, du bist die geborene Diplomatin“, lobte mich Beautiful.
Die Zeit verging, es wurde wieder einmal Sommer, und ich lebte jetzt schon lange Zeit bei Stefanie und Beautiful. Da wir Katzen keine Zeitrechnung kennen, weil wir imstande sind, die Zeit zu „vergessen“, kann ich nicht genau sagen, wie viele Jahre ich schon hier war. Aber das ist ja eigentlich egal, die Hauptsache war, dass wir uns hatten und es uns gut ging. An einem

Sommertag bekam Stefanie einen Anruf, den ich mithörte. Sie sprach mit einer Frau, die ihren Besuch ankündigte. Soweit ich es mitbekam, sollte diese Dame am Samstag nach dem Essen kommen. Ich war schon gespannt, wer uns die Ehre erweist, denn Stefanie sagte, dass ich mich bestimmt sehr freuen würde. Dann kommt bestimmt jemand, den ich kenne, aber wer?
Am Samstag war Stefanie sehr nervös, sie striegelte mich, dass mir das Fell knisterte, und bürstete mich anschließend sehr sorgfältig. Als diese Prozedur vorüber war, eilte ich ins Schlafzimmer, um mich im Spiegel bewundern zu können. Ich muss sagen, ich war schon eine wunderschöne Katze. Bei einer Schönheitskonkurrenz hätte ich bestimmt gewonnen, da war ich mir sicher, obwohl ich nicht eitel bin, oder?
Endlich kam unser angekündigter Besuch. Ich versteckte mich unter dem Bett und wartete, wer wohl ins Zimmer kommen würde.
Ich konnte es nicht glauben, wer kam. Es war Mariella, die Mama von meinem Mike. Ich kroch sofort hervor und lief ihr entgegen. Sie freute sich genauso wie ich über unser Wiedersehen. Ich war ganz aufgeregt und strahlte sie glücklich an.
„Cosi, meine liebe Cosi, mein Gott, wie bist du groß und schön geworden. Wenn dich Mike und Corrina sehen würden. Unsere liebe Cosma-Fee haben wir natürlich nie vergessen. Komm her, meine Prinzessin, lass dich streicheln“, begrüßte mich Mariella.
Mariella setzte sich nieder, ich sprang sofort zu ihr auf den Schoß und schnurrte, was das Zeug hielt. Ich rollte mich zusammen und war selig.

„Was sagen Sie, Frau Stefanie, sie hat mich noch erkannt. Es stimmt wirklich, Katzen vergessen nichts und niemanden. Sie ist noch genauso lieb wie früher. Sie hat uns sehr gefehlt, und bei Mike und Corrina durfte ich lange nicht über Cosma-Fee sprechen, so unglücklich waren die beiden“, erzählte Mariella.
Dann begann Mariella: Mike war inzwischen Kinderarzt geworden, Der Beruf machte ihm sehr viel Freude, aber die Tiere liebte er immer noch so wie früher. Er war immer sehr traurig darüber, dass in seiner kleinen Familie kein Haustier sein durfte. Inzwischen haben die beiden ein Töchterchen bekommen, sie ist schon sechs Jahre alt und kommt im September in die Schule. Corrina und Mike sind sehr glücklich mit ihrer Nina, sie ist ja auch ein braves Mädchen. „Stellen Sie sich vor, dieser Tage sagte mir meine Enkelin, wie sehr sie sich eine Katze wünschen würde. Ihre Freundin hat zu Ostern ein schwarzes Kätzchen bekommen, sie ist ganz vernarrt in diese Katze. Es war schrecklich, ihr beibringen zu müssen, warum wir das nicht tun können. Mir hat Nina sehr Leid getan, aber dafür darf sie öfters zu ihrer Freundin gehen, damit sie auch ein bisschen mit der kleinen Katze spielen kann. Die Sache war gar nicht so einfach, das können Sie mir glauben.“
Ich lag noch immer auf meinem Platz und fühlte mich sehr wohl, als ich einen Blick auf Stefanie warf. Sie sah mich ganz ernst und traurig an, warum nur? Beautiful saß auf dem Fensterbrett und beobachtete uns, bei Menschen ist sie noch immer misstrauisch, aber etwas störte mich. Mit einem Schlag ging mir ein Licht auf. Stefanie kränkte sich, weil ich bei Mariella saß, jetzt verstand ich. Auf einmal hatte ich ein schlechtes Gewissen. Wie

musste sich Stefanie fühlen, wenn ich mich so verhielt? Das hatte sie nicht verdient, das war mir auf einmal klar. Ich stand auf, als wenn ich geschlafen hätte, und streckte mich voll durch. Ich machte meine Augen auf, sah zu Stefanie und sprang zu ihr hinüber. Ich gab ihr „Köpfchen“ und begann mit meinen dicken Pfoten liebevoll zu „treten“, das machen Katzen immer, wenn ihre Welt in Ordnung ist und sie sich freuen. Hoffentlich habe ich die Situation gerettet. Wo immer ich auch vorher gelebt hatte, jetzt war ich schon einige Jahre bei Stefanie und Beautiful, nur das zählt. Ich hatte mich ja nur gefreut, Mariella wiederzusehen, aber mitgefahren wäre ich nicht mehr, dazu war ich zu gerne hier. Ich wollte nie mehr weg, das war mein größter Wunsch.
Stefanie freute sich, das war noch einmal gutgegangen. Aber sie sollte doch wissen, dass sie für mich das Wichtigste ist. Aber Menschen denken da manchmal sehr kleinkariert. Beautiful gesellte sich auch noch auf Stefanies Schoß, als wollte sie sagen: Wir beide gehören dir, dabei war es genau umgekehrt, aber das wusste Stefanie damals noch nicht!
Mariella blieb noch eine Weile, die beiden Damen unterhielten sich noch über alle möglichen Dinge. Zum Beispiel hatte ich erfahren, dass Mariella nur wenige Kilometer von uns ein kleines Haus gekauft hatte, damit ihre Kinder am Wochenende aufs Land fahren konnten. Aber sie werden Cosma-Fee nicht besuchen, weil sonst ihre Nina bestimmt nicht locker lassen würde mit ihren Wünschen. Auch von Sarah erzählte sie kurz. Meine Mama sei jetzt schon eine ältere Dame und natürlich froh, dass Camara, meine weiße Schnee-

flocke, bei ihr sein könne. Mein kleines Schwesterchen hatte außerdem bei einer Katzenausstellung den ersten Preis gewonnen, weil sie die Schönste ihrer Rasse war. Ich freute mich noch im Nachhinein über meine Kleine. Wir hatten wirklich ein gutes Leben erwischt, sie und ich. Beautiful erzählte ich am Abend von meiner kleinen Schwester, von Sarah und von Charlie. Es war lange nach Mitternacht, bis wir endlich einschliefen.
Schon wieder eine Hiobsbotschaft: Stefanie hatte vor, ein paar Tage wegzufahren. Das fehlte gerade noch. Wie hatte sie sich das vorgestellt? Sollten wir womöglich in eine Katzenpension gehen? Mir wäre das ja für einige Tage egal gewesen, aber mit Beautiful war das einfach unvorstellbar. Na, ich bin gespannt, wie dieses Problem gelöst wird. Stefanie kaufte Unmengen an Katzendosen, Fertigfutter und drei große Säcke Katzenstreu für unsere Toilette. „Das werden aber mehr als ein paar Tage", kündigte ich bei Beautiful meine Bedenken an.
„Egal, wer uns versorgt, ich spiele da nicht mit, ich stelle mich auf meine alten Tage nicht mehr um", maulte Beautiful.
„Ja, aber andererseits muss man verstehen, dass Stefanie auch gern ausspannen möchte. Ich bin überzeugt, sie würde uns vielleicht gerne mitnehmen, aber das ist sehr riskant. Wenn es dort zum Beispiel große Hunde gibt, die uns nicht kennen, oder wir würden uns verlaufen, das wäre gar nicht auszudenken. Die paar Tage werden wir schon überstehen, wirst schon sehen. Wir sind ja nicht allein, wir werden bestimmt bestens versorgt", beruhigte ich sie, „warum sollen wir uns schon vorher unnötig aufregen. Wie ich dich kenne,

kannst du dich schon deiner Haut wehren!", lachte ich meine Beautiful an.
„Gut, dann wollen wir das Beste daraus machen, wird schon in Ordnung gehen. Es ist wahr, Stefanie muss auch einmal raus aus diesem Trott und Urlaub machen. Ich habe da etwas von Kärnten gehört. Dort soll es warme Seen geben und viel Sonnenschein, wir sollten ihr diese Freude gönnen, schließlich war sie bis jetzt immer nur für uns da."
In diesem Sinne freundeten wir uns etwas mit dem Gedanken an, einige Tage ohne Stefanie zu sein.. Man darf nicht immer gleich schwarz sehen. Sie hat bestimmt alles getan, dass es uns an nichts fehlen wird.
Am Freitag schleppte Stefanie einen Lebensmitteleinkauf an und füllte den Kühlschrank damit. Was soll das? Wozu diese vielen Lebensmittel, sogar Kaffee und Milch, da werde ich nicht schlau! Würde vielleicht jemand bei uns wohnen, wenn Stefanie nicht da wäre? Aber wer würde das auf sich nehmen, wo alle Welt weiß, wie verwöhnt wir beide sind.
„Vielleicht kommt Maxi mit Hercules zu uns, das würde uns gefallen", vermutete Beautiful.
„Nein, das ist eher unwahrscheinlich. Maxi hat noch drei Katzen zu versorgen, die kann sie bestimmt nicht mitbringen. Es muss jemand anderer sein", sagte ich.
„Tarota, könnte sie das sein? Aber die wohnt ja nebenan im anderen Haus, die braucht keinen vollen Kühlschrank, sie würde uns ja nur füttern kommen, also fällt Tarota aus."
Ja, wer war es dann?

Wir diskutierten noch eine Weile darüber und entschlossen uns, die Dinge an uns herankommen zu lassen.
Am gleichen Abend wurde unsere Neugier endlich gestillt. Ich fragte mich, wieso wir beide nicht früher darauf gekommen sind. Es war das logischste, was man sich denken konnte, aber wir zwei waren in unserer Aufregung wahrscheinlich total vernagelt. Ja, auch das kann manchmal bei Katzen vorkommen.
Stefanies Eltern würden ein paar Tage (wie viel sind ein paar Tage, kätzisch gesehen?) bei uns logieren. Sie wohnen zwar auch nur ein paar Häuser weiter, aber das Stiegensteigen ist für die älteren Herrschaften doch sehr beschwerlich, darum hatten sie beschlossen, hier bei uns zu logieren, solange Stefanie im Urlaub sein würde.
„Na, siehst du, alles in bester Ordnung, und wir haben uns solche unnötigen Gedanken gemacht, meine liebe Cosma-Fee, wir können wieder beruhigt sein. Stefanie soll ihren Urlaub nur richtig genießen“, meinte Beautiful.
Ich muss sagen, Mama und Papa kümmerten sich rührend um uns. Aber die größte Überraschung war, dass sie ihre eigene Katze mitbrachten. Sie hatten zwar zuerst Bedenken, weil ihre Susa keine anderen Katzen gewöhnt ist. Aber wir nahmen diese kleine Mieze sofort liebevoll in unseren Kreis auf. Susa war ein zartes Kat-zenmädchen, sie war weiß und grau getigert, sah also ein bisschen wie Beautiful aus. Sie fasste zu Beautiful sofort Vertrauen, aber zu mir hielt sie einen respek-tablen Abstand. Dabei gefiel mir Susa sehr gut. Sie war so brav, dass es beinahe schon unheimlich war.

„Komm, komm, du Minikatze, lass dich putzen und kosen, du siehst entzückend aus“, versuchte ich, die Kleine zu mir zu locken.
Aber sie sah mich nur ängstlich mit ihren großen Augen an und flüchtete zu Beautiful. Ich glaube, ich war ihr zu groß und zu grau, man sah, sie hatte Angst vor mir. Beautiful genoss ihre neue Mutterrolle, sie war sehr um die kleine Susa bemüht. Beautiful wäre bestimmt eine tolle Katzenmama gewesen, wenn sie Kinder gehabt hätte, davon war ich überzeugt. Sie hatte sich ja seinerzeit, als ich kam, auch so um mich bemüht. Beautiful war selig mit Susa. Sie bemutterte sie den ganzen Tag, es war lieb, diesen beiden zuzusehen. Wir bekamen die feinsten Leckerbissen, um uns bei Laune zu halten. Wir futterten jeden Tag eine Portion Schlagobers. Wenn das Stefanie wüsste, bei ihr gab es nur zweimal in der Woche diese süße Schleckerei. Von uns aus konnte sie ruhig ein bisschen länger Urlaub ma-chen, unter diesen Umständen, aber wir wollten sie schon wieder haben, das ist klar. Susa hingegen war eine sehr schwache Esserin. Sie brauchte sehr lange, um ihr Futter zu verspeisen. Man hätte ein Damasttischtuch unter ihr Schüsserl stellen können, da wäre kein Fünkchen draufgekommen, so appetitlich futterte unsere Kleine. Bei mir und Beautiful war das schon anders. Wir schleppten unser Futter zuerst durch die ganze Wohnung, bevor wir es verspeisten. Beautiful ja weniger, aber ich pflegte mit schönster Regelmäßigkeit mein Futter zuerst auf den Teppich zu tragen, bevor es von mir verfuttert wurde. Stefanie ärgerte sich oft deswegen über uns, sie hatte dann

immer eine Menge Arbeit. Aber bei Mama und Papa nahmen wir uns echt zusammen, denn wer weiß, zum Schluss hätten sie uns die Schlagobersportion gestrichen, das durfte nicht sein. Wir waren so brav, dass sich unsere Gäste nur so wunderten. Wir wollten mit Susa spielen, aber das kannte sie anscheinend nicht. Als ihr Beautiful unsere Fellmäuse anschleppte und sie in die Höhe warf, versteckte sich Susa sofort unter dem Bett.

„Warum will sie nicht mit uns spielen?", fragte ich Beautiful.

„Ich habe keine Ahnung, aber es könnte sein, dass sie das noch nie getan hat, dabei ist sie ja noch relativ jung. Ich habe sie gefragt, aber sie gibt mir keine Antwort. Was hat sie nur, dass sie nicht reagiert und scheinbar auch nicht weiß, was wir von ihr wollen. Ich werde einfach nicht klug aus der kleinen Katze", sinnierte Beautiful.

Es war schon eine Woche vergangen, es ging uns blendend, aber Susa sprach mit uns noch immer kein Wort, kätzisch natürlich.

„Susalein, komm, erzähle uns etwas. Wir sind neugierig, wo du herkommst und wie lange du schon bei Stefanies Eltern wohnst", sprach ich sie an.

Sie sah mich mit ihren großen Augen ganz verzweifelt an und hauchte, ja, hauchte ein kaum hörbares „Miau", dann wieder Schweigen. Uns fiel auch auf, dass sie es nicht merkte, wenn wir sie riefen. Nur wenn sie in unsere Richtung blickte, reagierte sie auf unser Rufen.

„Jetzt weiß ich, was mit dieser Mieze los ist", sagte Beautiful, „sie hört uns nicht, deshalb kann sie auch nicht mit uns sprechen. Diese arme Susa. Es ist wirk-

lich gut, dass sie einen guten Wohnungsplatz hat, in der Freiheit hätte sie keine Chance. Nun ist auch klar, warum sie sich immer fürchtet, dabei ist sie so eine liebe Katze."
Susa war der Mittelpunkt in ihrer Familie. Mama und Papa wussten ja wahrscheinlich, dass ihr kleiner Liebling nicht hören kann, sie liebten sie abgöttisch. Eine behinderte Katze, das war neu für uns.
Langsam gewöhnte sich Susa an uns, sie merkte, dass wir sie gern hatten, und auch ich durfte sie inzwischen liebkosen. Sie fasste schon Vertrauen auch zu mir. Ich war ganz vernarrt in dieses Kätzchen, vielleicht weil sie so hilflos war. Schade, dass sie nicht immer bei uns bleiben konnte, wir würden sie wahrscheinlich beide nach Strich und Faden verwöhnen. Die zweite Woche verging rasend schnell, und es hieß Abschied nehmen. In der letzten gemeinsamen Nacht kuschelten wir alle drei in unserem Körbchen und wärmten uns gegenseitig. Beautiful machte einen traurigen Eindruck, sie konnte sich schwer von Susa trennen.
Am Samstag kam Stefanie braun gebrannt und toll erholt aus den Ferien zurück. Dieser Urlaub hatte ihr sichtlich gut getan. Sie begrüßte uns überschwänglich und sagte, dass wir ihr in den letzten zwei Wochen schon sehr gefehlt hatten. Na, wenigstens etwas!
„Cosma-Fee, hast du zugenommen, du bist ganz rund geworden, hast du wieder nicht genug kriegen können?", fragte Stefanie, „ich wette, Mama hat deinen sehnsüchtigen Blicken beim Anblick von Süßigkeiten nicht widerstehen können. Oder irre ich mich?"

Na, das war eine Begrüßung, und den Schlagobers würde ich wohl eine Zeit vergessen müssen. Beleidigt zog ich mich auf das Fensterbrett zurück. Beautiful nahm die Sache viel gelassener.
„Ein bisschen Diät nach diesen Schlemmerwochen schadet nicht, Cosma-Fee, es wird schon wieder wie früher, mach dir keine Sorgen“, tröstete sie mich.
Die Familie blieb noch bis zum Abend zusammen, dann brachte Stefanie ihre Eltern und die schwerhörige Susa nach Hause. Susa sah uns sehr traurig an, wir merkten, dass ihr der Abschied von uns auch schwer fiel, wenn sie es uns auch nicht sagen konnte. Sie gab uns „Köpfchen“ und „Ei, ei“, sie wollte gar nicht aufhören, so dass wir sogar lachen mussten.
Der Alltag hatte uns wieder.
Wir erfuhren zufällig, als Stefanie telefonierte, dass wir für eine Woche einen Gast bekommen würden, nur wer das sein sollte, verstanden wir nicht.
„Dann lassen wir uns überraschen, bis jetzt waren unsere Gäste gar nicht so übel. Wenn ich an unsere Susa denke, die hätte ruhig länger bleiben können“, schwärmte Beautiful. Ja, die Susa würde meiner Freundin lange nicht aus dem Kopf gehen, sie hatte einen ausgeprägten Mutterinstinkt, den ich ihr nie zugetraut hätte. Wie man sich doch täuschen kann. Unser Urlaubsgast kam also am nächsten Tag. Wir glaubten, unseren Augen nicht zu trauen, denn es kam Maxi und Hercules. Wir freuten uns irrsinnig darüber. Aber zu unserer Enttäuschung blieb nicht Hercules bei uns, sondern ein weißer Kakadu mit orangefarbenen Bäckchen. Hercules durfte natürlich mit Maxi mitfahren, der

Vogel blieb bei uns. Er sah wirklich komisch aus, so etwas hatten wir noch nie gesehen.
„Dem werden wir zeigen, wer hier das Sagen hat!“, war Beautifuls erste Reaktion.
„Der sitzt ja im sicheren Käfig, den können wir nicht ärgern“, meinte ich dazu.
„Hast du eine Ahnung, mir wird schon etwas einfallen“, überlegte Beautiful.
Hercules ließ uns plappern, dann meinte er:
„Aber ihr werdet euch doch nicht an einem unschuldigen Vogel vergreifen. Jimmy, so heißt er, kann doch nichts dafür, er hat so schon eine höllische Angst vor Katzen. Ja, er ist eine Nervensäge, denn er quatscht den ganzen Tag, aber er ist absolut friedlich. Was meint ihr, was der mit unseren drei Katzen für Stress hat. Wenn Maxi vergisst, ihn am Abend zuzudecken, macht er ein Geschrei zum Fürchten, vor lauter Angst, dass ihn eine Katze fressen könnte. Ich bitte euch herzlich als meine Freundinnen, macht ihm das Leben nicht zu schwer, denn vor euch wird er sich ja noch mehr fürchten, weil er euch nicht kennt. Versprecht ihr mir das? Ich verlasse mich ganz auf euch, ich weiß, ihr seid gute, brave Katzendamen.“
Bei so viel Vorschusslorbeeren waren uns beiden natürlich die Pfoten gebunden, denn mit Hercules wollten wir uns natürlich nicht anlegen.
„Also gut, wir versprechen es dir, wir werden Jimmy nichts zuleide tun. Aber wenn er uns ärgert, können wir das nicht garantieren, ein bisschen Spaß müssen wir schon auch haben, das verstehst du doch, du bist ja ein kluger Hund“, meinte unsere altkluge Beautiful.

„Aber wirklich nur zum Spaß, nicht dass ihn der Schlag trifft“, sagte er zum Abschied noch zu uns und wedelte freundlich mit dem Schwanz.
Als Maxi mit Hercules die Wohnung verlassen hatte, stellte Stefanie den neuen Urlaubsgast einmal außer Reichweite auf den Wohnzimmerschrank, in der Meinung, dort würden wir den Jimmy nicht erreichen. Beautiful sah mich an und grinste. Ich wusste genau, was in ihrem Köpfchen vorging.
„Nein, Beautiful, nein. Wir lassen ihn in Ruhe, vorläufig einmal, wir haben es Hercules versprochen. Er wäre sehr enttäuscht von uns, wenn wir den Jimmy ärgern, er fürchtet sich auch so schon vor uns. Nicht einen einzigen Ton hat er bis jetzt von sich gegeben. Der Arme traut sich nicht, also lassen wir ihn in Frieden.“
„Wenn er so brav bleibt wie jetzt, soll es mir recht sein, er ist ja nur ein Vogel“, sagte meine Beautiful überheblich.
Ich weiß, dabei hätte sie den Jimmy liebend gern sofort gefressen. Da kam das Raubtier in ihr durch, das war der „Säbelzahntiger“ in ihr.
Drei Tage lang rührte sich Jimmy nicht. Er saß wie erstarrt in seinem Häuschen, man sah ihm an, dass er sich vor uns fürchtete. Wir ließen ihn in Ruhe, aber nur, weil wir es Hercules versprochen hatten. Dabei wusste ich ganz genau, wie gern Beautiful ihren Spaß gehabt hätte. Beautiful war in der letzten Zeit eine richtig übermütige fröhliche Katze geworden. Sogar Stefanie kannte ihre früher launische Mieze manchmal nicht mehr wieder, so streichelweich war unsere Beautiful geworden. Hercules war ihre Mutprobe gewesen, ich bin ihm sehr dankbar dafür. Als wir wieder einmal

allein in der Wohnung waren, sah mich Beautiful verschwörerisch an und blinzelte Richtung Vogelkäfig.
„Nur ein bisschen ärgern, das ist ja nicht schlimm, was meinst du, Cosma-Fee?“, fragte mich Beautiful.
„Ich muss sagen, ich habe kein gutes Gefühl dabei. Wenn diesen Vogel vor Angst der Schlag trifft, können wir ausziehen, und Hercules wäre auch nicht mehr unser Freund. Wir sollten uns das überlegen. Das ist schließlich kein „Christbaum“, den man wieder erneuern kann“, gab ich vorsichtig zu bedenken.
„Aber wir könnten versuchen, ihn zum Sprechen zu bringen. Vielleicht verliert er dann seine Ängste und erzählt uns allerlei, das wäre auch ganz interessant“, gab ich meiner Beautiful zur Antwort.
Ich hoffte, sie würde von ihrem Jagdplan abkommen.
„Okay, Cosma-Fee, das probieren wir einmal. Aber wenn er dann auch nichts sagt, dann kann er sein Wunder erleben, das verspreche ich dir!“
Wir postierten uns vor dem Schrank und sahen mit großen Augen zum Jimmy hinauf. Er saß ängstlich in einer Ecke und dachte wahrscheinlich, dass seine letzte Stunde geschlagen hätte. Dabei war ja der Käfig fest verschlossen und die Gitterstäbe so eng, dass wir nicht einmal mit unseren Pfoten hineinrangeln konnten, aber in seiner Todesangst dachte er nicht daran.
„Jimmy, komm, spring auf dein Stäbchen, damit wir dich sehen können, wir möchten uns gerne mit dir unterhalten“, rief ich hinauf.
Vorsichtig kam der Kakadu näher und blickte zu uns herunter, sprach aber keine Silbe.

„Wir versprechen dir, es geschieht dir gar nichts, aber dir muss ja da oben alleine sehr langweilig sein. Kannst du nicht reden, oder traust du dich nicht? Wir beide sind Freundinnen von Hercules und haben ihm versprochen, dass wir auf dich aufpassen!“, meinte Beautiful sehr freundlich.
Ich kannte sie manchmal gar nicht, so hatte sich mein „Säbelzahntiger“ verändert.
„Ich heiße Jimmy“, wagte er zu sagen, sonst nichts.
„Na, das freut uns, jetzt wissen wir, dass du uns verstehst. Jetzt steht einer Unterhaltung nichts mehr im Wege. Außerdem werden wir so gut gefüttert, dass wir auf Vögel keine Lust haben. Höchstens auf eine wilde Jagd, aber sonst nichts. Wir krümmen dir keine Feder, Ehrenwort, Jimmy!“, sagte Beautiful feierlich.
Jimmy kroch hervor, bestaunte uns und sagte:
„Ihr müsst verstehen, dass ich zu Miezen kein Vertrauen habe. Bei mir zu Hause gibt es drei davon, die sind aber nicht so höflich wie ihr. Bei denen hat Hercules auch keinen Auftrag. Er ist eine Seele von einem Hund, bei den dreien ist er hilflos. Was die mit ihm alles anstellen, das geht auf keine Kuhhaut. Aber Maxi ist in die drei Katzen total vernarrt, die dürfen einfach alles. Ich darf nur aus dem Käfig, wenn die Katzen im Vorzimmer ausgesperrt sind, denn die würden mich jagen bis zum Umfallen. Habt ihr das auch vor?“, wollte er von uns wissen.
Uns tat der Kakadu auf einmal sehr Leid, wir wollten ihn nicht mehr ärgern.
„Wer weiß, was du alles erleben musst bei den drei Katzen, da ist es natürlich kein Wunder, dass du uns nicht traust. Wir werden sehr lieb und freundlich zu dir

sein, damit du uns in guter Erinnerung behältst“, sagte Beautiful sehr freundlich zu Jimmy.
„Also wenn ihr die Käfigtüre nicht aufmacht, dann setzt euch her, damit wir uns unterhalten können, beim Reden kann mir ja nichts geschehen“, gab er uns zur Antwort.
Das Eis war gebrochen, Jimmy hatte schon ein wenig Vertrauen zu uns, das freute uns riesig. Wenn diese Woche vorbei ist, haben wir vielleicht einen neuen Freund, einen Kakadu!
Jimmy erzählte von sich und gab ganz urige Töne von sich. Wir hatten richtigen Spaß mit ihm, aber jedes Mal, wenn Beautiful zu nahe an den Käfig kam, verdrückte er sich in die Ecke, so ganz geheuer waren wir ihm trotzdem nicht. Beautiful und ich waren uns sicher, dass er seine Scheu bald überwinden würde.
Am darauf folgenden Tag machten wir ihm den Vorschlag, mit ihm zu spielen.
„Jimmy, wir machen das Türchen auf und spielen Fangen, willst du mitmachen?“, fragte Beautiful.
Die Antwort war ein herzzerreißendes: „Nein, bitte nicht!“
Das hätten wir uns denken können, so groß war die Freundschaft noch nicht, wir mussten das anders machen. Wie sollten wir ihm klarmachen, dass wir wirklich nur spielen wollten? Andererseits konnten wir Jimmy ja verstehen, er kannte uns erst sehr kurze Zeit. Dabei waren wir überzeugt, dass er gern mit uns gespielt hätte, aber sein Überlebenstrieb war größer. Also ließen wir ihn vorerst einmal in Ruhe und taten, als wenn er uns überhaupt nicht interessieren würde.

Die nächsten zwei Tage ignorierten wir den armen Vogel. Auf einmal hörten wir ihn zwitschern:
„Seid ihr beide böse auf mich, weil ihr kein Wort mehr zu mir sagt?“
„Nein, das sind wir nicht, aber wir haben erkannt, dass deine Furcht sehr groß ist und deshalb beschlossen, dich in Ruhe zu lassen. Wir können auch ohne dich in der Wohnung spielen und herumtollen. Es ist schade, dass du nicht mitspielen willst, aber wir nehmen deine Furcht zur Kenntnis“, antwortete ich ihm.
Beautiful und ich tollten in der Wohnung herum und hatten unseren Spaß.
„Also gut, ihr beiden, macht das Türchen auf, ich will mitspielen. Eines aber sage ich euch: Wenn ihr mir etwas antut, möchte ich nicht in eurer Haut stecken, wenn Hercules kommt, vergesst das nicht!“, warnte uns Jimmy.
Nun waren wir nicht mehr zu bremsen. Wir öffneten das Türchen, und Jimmy setzte zum Flug an. Er war wirklich ein schöner Vogel, mit seinen schneeweißen Schwingen und den roten Wangen. Nein, wir taten ihm nichts. Wir versuchten, ihn zu fangen, ließen aber unsere scharfen Krallen eingezogen. Es war gar nicht so leicht, ihn zu erhaschen, er war sehr schnell. Ich erwischte ihn nicht, aber Beautiful fing ihn während eines Tieffluges. In diesem Moment glaubten wir, dass er vor Schreck tot wäre; er erstarrte und sah Beautiful hilflos an, er dachte wohl, jetzt hätte seine letzte Stunde geschlagen. Beautiful ließ ihn frei und sagte zu ihm:
„Du bist wirklich ein mutiger Vogel. Das hätten wir nie von dir gedacht, du hast dich selbst besiegt. Du siehst also, du brauchst vor uns keine Angst haben. So, jetzt

fliege in dein Häuschen und ruhe dich von deinen Strapazen aus, du hast dir die Ruhe nach dieser Aufregung verdient, wir sind sehr stolz auf dich!“
Jimmy flog in seinen Bauer zurück, und wir fragten ihn, ob wir das Türchen offen lassen oder schließen sollen.
„Das ist mir für heute egal, ihr macht es ja ohnehin auf, wenn ihr wollt. Ich vertraue euch. Ich wünschte, meine drei Katzen wären auch so wie ihr. Robin ist der Kater und Lalla die kleine Katze, die dritte ist eine alte Siamkatze, die fürchte ich am meisten. Sie heißt Kassandra und ist sehr grantig. Ich weiß, wenn sie mich erhaschen würde, wäre es aus mit mir. Robin und Lalla würden auch gerne mit mir spielen, aber sie sind leider sehr grob, das habe ich schon einmal am eigenen Leib verspürt, als Maxi vergessen hatte, meinen Käfig zu schließen“, erzählte uns Jimmy.
Die nächsten Tage waren sehr lustig für uns. Der Kakadu blühte sichtlich auf. Immer wenn Stefanie unsere Brötchen verdiente und wir alleine waren, flogen wir förmlich in der Wohnung herum. Jimmy flatterte und zirpte und schnatterte, das war eine Riesengaudi!
Bevor Stefanie zurückkam, sperrten wir Jimmy scheinheilig ein und legten uns auf unsere Plätzchen.
Einen Tag hatten wir noch zum Spielen, dann wurde Jimmy wieder abgeholt. Beim letzten Fangenspiel waren wir drei so erschöpft, dass wir vergaßen, ihn einzusperren und Beautiful vor lauter Müdigkeit sich auf den Käfig legte und sofort einschlief. Ich postierte mich vor die offene Tür und schnurrte vor Vergnügen. Ich vergaß die Zeit und döste ein.

Erst Stefanies lauter Aufschrei beim Anblick der offenen Käfigtüre und Beautifuls Ruheplatz, weckte mich aus meinem Schlummer. Stefanie stürzte auf uns zu, in der Annahme, dass der liebe Jimmy sein Leben verloren hätte. Der aber saß friedlich in seinem Haus, hatte sein Köpfchen unter den Flügeln versteckt und schlief, er war ja auch müde von der Tollerei. Unsere Stefanie konnte sich darauf keinen Reim machen, aber sie war heilfroh, dass alles in Ordnung war. Wenn sie von unseren Spielen gewusst hätte, wäre ihr bestimmt Angst und Bange geworden.
„Wenn das Maxi wüsste, dass ich das Türchen nicht verschlossen habe, gar nicht auszudenken, wo ich ihr doch versichert habe, dass ich alles für den Jimmy tun werde. Gut, dass meine beiden das nicht bemerkt haben, das hätte schlecht ausgehen können“, sagte Stefanie zu sich selbst.
Beautiful und ich sahen sie unschuldigst an und waren ihre braven Katzen.
Maxi kam sehr früh am Morgen, um ihren Jimmy zu holen. Erstaunlicherweise war er gar nicht so erfreut darüber. Hercules sah uns fragend an, er konnte sich das nicht erklären.
„Was habt ihr mit ihm angestellt?“, wollte er wissen.
„Nichts, was ihm nicht gefallen hätte. Wir drei hatten eine halbe Woche unseren Spaß, und er war wie ausgewechselt. Wir können uns gut vorstellen, dass wir ihm fehlen werden.“
Zu Jimmy gewandt, meinte Beautiful noch:
„Mein lieber gefiederter Freund, ich rate dir, lass dir nichts gefallen. Wenn dich deine drei Miezen attackieren, dann zeige ihnen, welch kräftigen Schnabel du

hast. Außerdem kannst du rasend schnell fliegen, also nur Mut, du schaffst das. Besser wäre es allerdings, du würdest mit ihnen einmal sprechen und ihnen klar machen, was sie tun oder nicht tun dürfen. Cosma-Fee und ich wünschen dir viel Glück. Wir hoffen, dass du bald wieder bei uns Urlaub machst. Wir haben dich sehr ins Herz geschlossen!“

Wir strichen ihm mit unseren Samtpfötchen über sein weißes Gefieder und freuten uns, dass es ihm bei uns so gut gefallen hatte. Was sind wir doch für brave, liebe Katzen. Dabei weiß ich genau: Wenn es Hercules nicht gegeben hätte, Beautiful hätte bestimmt ihre gute Kinderstube vergessen, aber das sind ja nur Mutmaßungen, oder doch nicht?

Bei uns war immer etwas los!

Die Urlaubszeit war zu Ende, und bei uns wurde es ruhiger. Wir lebten in den Tag hinein. Wir spielten mit unseren Fellmäusen, und wenn wir müde wurden, dösten wir einfach vor uns hin. Ja, nicht zu vergessen, zwischendurch verspeisten wir allerhand Köstlichkeiten. Unsere Stefanie war wirklich ein Schatz, wir waren eben ihre absoluten Lieblinge. Eben schnitt sie frisches Rindfleisch in katzenmäulchengerechte Stücke, wir konnten diesen Schmaus gar nicht erwarten und schlichen um ihre Beine, dabei musste Stefanie immer Acht geben, damit sie uns nicht auf unsere samtweichen Pfoten stieg. Endlich stellte sie uns die Schüsselchen mit dem Fleisch auf unseren Essplatz. Voller Gier stürzte ich mich auf das herrliche Futter, denn das gab es nicht jeden Tag.

Au weh, au weh, was war denn das? Ich wollte zubeißen, aber ein fürchterlicher Schmerz hinderte mich daran. Unglücklich schaute ich zu Beautiful hin, die mit Eifer ihr Fleisch verschlang. Ich probierte es noch einmal, aber schon wieder war dieser höllische Schmerz da. Ganz verzweifelt sah ich Beautiful an.
„Warum frisst du nicht, weißt du, wie gut das ist?", sagte Beautiful zu mir.
„Ich kann nicht, mir tun meine Zähne so weh, ich kann überhaupt nicht zubeißen. Was soll ich jetzt machen? Wenn ich nicht fressen kann, verhungere ich."
„So schnell verhungert man nicht, meine liebe Cosi, komm, mach dein Mäulchen auf, ich schaue, ob ich etwas sehen kann!", forderte Beautiful mich auf.
Ich sperrte meinen Rachen weit auf, und Beautiful sah hinein. Sie schüttelte den Kopf und meinte: „So viel ich sehen kann, sind deine Zähnchen ganz braun, das ist vermutlich ein Zahnstein. Hoffentlich merkt das Stefanie, damit sie mit dir zur Frau Doktor fahren kann, die bringt das wieder in Ordnung, dann kannst du wieder beißen!"
„Glaubst du, sie wird mir weh tun?", jammerte ich, wobei ich nicht wusste, was mir mehr Sorgen machte: das Beißen oder der Schmerz.
„Du wirst sehen, es ist halb so schlimm. Man soll sich nicht vor etwas fürchten, es ist dann nie so schlimm, wie man vorher dachte. Die Frau Doktor hat viele Möglichkeiten, damit du nicht viel spürst, glaube mir das!", beruhigte mich Beautiful, aber ganz so glauben wollte ich ihr das nicht.
Ich beschloss, vorerst abzuwarten. So schnell werde ich schon nicht vom Fleisch fallen, und vielleicht werden

meine Zähne von selber gut , tröstete ich mich erst einmal.
Aber leider wurden diese Schmerzen nicht besser, im Gegenteil. Auch weiche Speisen, wie zum Beispiel ein rohes Ei, taten mir weh. Es wird mir nichts übrig bleiben, als Stefanie darauf aufmerksam zu machen.
Am Abend fiel Stefanie auf, dass ich nichts zu mir nahm. Ich sah sie verzweifelt an und miaute kläglich.
„Cosi, mein Liebling, was ist denn los mit dir? Hast du keinen Hunger? Schmeckt es dir nicht, oder willst du etwas anderes fressen?“, fragte mich meine Stefanie. Sie stellte eine andere Köstlichkeit auf meinen Essplatz und redete mir gut zu.
„Komm, das ist etwas ganz Gutes, das wird dir schmecken, nachher bekommst du Schlagobers, den hat ja meine Naschkatze so gern!“, lockte sie mich.
Ich wollte schon den Schlagobers, denn da hätte ich schon zugelangt, aber es ging eben nicht. Ich machte wieder kehrt und miaute Stefanie herzzerreißend an. Endlich nahm sie mich auf den Arm und schaute neugierig in mein Mäulchen.
„Oh, du Arme, du hast ganz braune Zähne, die tun dir wahrscheinlich so weh. Da muss ich morgen sofort mit dir zur Frau Doktor fahren, damit sie dich behandelt, dann kannst du wieder fressen. Komm, den Schlagobers kannst du schon verspeisen, wenn du ihn nur aufschleckst!“, tröstete sie mich. Aber nicht einmal dazu hatte ich Lust, ich wollte nur meine Ruhe haben.
Die nächste Nacht wollte kein Ende nehmen. Vor lauter Angst und Schmerz konnte ich kein Auge zutun. Beautiful legte sich zu mir und sagte:

„Cosma-Fee, ich sage dir, du brauchst dich nicht fürchten. So eine schöne, große Katze, und so ängstlich, das passt überhaupt nicht zu dir. Morgen um diese Zeit werden wir beide darüber lachen, da kannst du sicher sein. So, und jetzt schlaf ein bisschen, es wird alles schnell vorbeigehen!"

Beautiful war wirklich eine gute Katze. Ich weiß nicht, wie mein Leben ohne sie wäre. Stefanie ist zwar eine liebe Katzenfrau, aber sie ist oft den ganzen Tag nicht daheim. Mit Beautiful war es doch kurzweiliger. Wir waren so aneinander gewöhnt, dass ich mir nie hätte vorstellen können, dass sie nicht hier wäre. Endlich schlief ich ein, Beautiful lag ganz dicht neben mir.

Stefanie holte am nächsten Morgen den Transportkorb und setzte mich hinein. Zuerst wehrte ich mich, aber sie war doch stärker. Beautiful sprach mir Mut zu und meinte:

„Du wirst sehen, wenn du kommst, ist es mit den Schmerzen vorbei, dann gönnen wir uns ein Luxusmahl. Ich werde an dich denken und sehnsüchtig auf dich warten, bis du wieder da bist. Alles Gute, meine liebe Freundin, bis zum Mittagessen!"

Dann fuhr Stefanie mit mir zur Tierärztin. Ich kannte sie schon von früher. Einmal im Jahr wurden wir von ihr geimpft. Zwar machten Beautiful und ich jedes Mal Radau, wenn es so weit war, aber Stefanie kannte diesbezüglich kein Erbarmen, da mussten wir durch! Das war notwendig, damit wir keine bösen Krankheiten bekamen, außerdem war es nur eine Spritze, die wir kaum spürten, aber die Aufregung vorher war furchtbar. Nun war ich wieder einmal auf dem Weg zur Frau Doktor. Sie war eine sehr liebe und gefühlvolle

Frau. Man musste wirklich keine Angst vor ihr haben, man spürte es, dass sie die Tiere liebt und uns nur helfen wollte. Die Fahrt verging viel zu schnell, auf einmal verspürte ich vor Aufregung keine Schmerzen mehr, aber jetzt war es zu spät.
Im Wartezimmer waren bereits zwei Patienten. Ein großer Hund mit einer verbundenen Pfote und ein großer schwarzer Kater, der in einem Katzenkorb saß. Daher mussten wir warten, was für mich wieder ein kleiner Aufschub war. Ich sah mich ängstlich um und merkte, wie mich dieser Hund betrachtete.
„Darf ich mich vorstellen, mein Name ist Rolf, ich bin ein Schäferhund. Was fehlt dir denn, du schöne Perserkatzendame?“, wollte er von mir wissen.
Normalerweise lasse ich mich ja nicht so anquatschen, aber dadurch vergaß ich im Moment einmal meinen Schmerz.
„Ich habe fürchterliche Zahnschmerzen und kann nicht beißen, übrigens, man nennt mich Cosma-Fee“, erwiderte ich, „und was fehlt dir?“
„Ich habe mir einen Dorn eingetreten, als ich mit meinem Herrchen joggen war. In der Nacht ist die Pfote ganz dick und heiß geworden und schmerzt sehr. Jetzt muss mir die Frau Doktor den Dorn entfernen, damit ich wieder laufen kann“, erklärte mir der große Hund.
„Hast du keine Angst vor der Behandlung?“, fragte ich.
„Natürlich ist es mir nicht einerlei, aber mit einer kranken Pfote macht das Leben auch keinen Spaß. Da nehme ich das gerne in Kauf, wenn ich nur wieder laufen kann“, meinte er, „und du mit deinen Zähnen brauchst

auch keine Angst zu haben, das hatte ich auch schon einmal. Es ist zum Aushalten, nachher kannst du wieder ordentlich futtern und hast alles vergessen. Nur Mut, wir müssen froh sein, dass es Menschen gibt, die uns helfen können!“, munterte er mich auf und lächelte mich an.

Er wunderte sich, dass ich keine Angst vor ihm hatte, denn er sagte noch zu mir:

„Eine Katze, die mit einem Hund spricht, gibt es eigent-lich selten. Hast du einen Hund in deiner Familie, weil du so selbstverständlich mit mir sprichst?“

„In meiner Familie nicht, aber meine Gefährtin Beautiful und ich haben einen Freund, einen Dobermann, ein riesiger Hund, aber lammfromm!“, sagte ich stolz, „wir beide sind ganz vernarrt in ihn!“

„Also ich habe zu Katzen kein Vertrauen, nur wenn sie im Käfig sitzen, so wie du“, lachte er, „ich habe schon einige Male schlechte Erfahrungen gemacht mit unserer Nachbarskatze, die ist ein richtiger Minitiger. Wenn sie Kinder hat, darf man ihr oder ihren Jungen nicht in die Nähc kommen, da wird sie sehr böse. Einmal ist sie mir auf die Schnauze gesprungen und hat ihre Krallen eingesetzt, dass ich fast aufgeheult hätte, dabei bin ich nur zufällig am Zaun vorbeigegangen. Ich gehe ihr seitdem aus dem Weg und habe auch ein ungutes Gefühl, wenn ich einer Katze begegne. Bist du auch so kratzbürstig?“

„Nein, nur wenn ich Angst habe oder angegriffen werde, dann würde ich mich schon zu wehren wissen, aber sonst bin ich eine sehr sanfte Katze, die froh ist, wenn man sie in Frieden lässt. Meine Beautiful hingegen ist ein richtiger Säbelzahntiger, die weiß ihre Krallen und

Zähne richtig einzusetzen, wenn sie sich bedroht fühlt. Sie ist nämlich wild aufgewachsen und erst bei Stefanie und mir zahmer geworden, jetzt ist sie eine liebe Mieze“, erzählte ich ihm.

Als nächster Patient wurde der schwarze Kater aufgerufen. Er war bestimmt sehr krank, denn er hatte von meinem Gespräch mit Rolf nichts mitbekommen. Hoffentlich konnte die Frau Doktor ihm helfen, er tat mir richtig Leid. Rolf und ich unterhielten uns noch ein bisschen, so dass ich fast vergaß, warum ich hier war. Wir wurden jäh aus unserer Unterhaltung gerissen, denn Rolf war nun an der Reihe. Der schwarze Kater aber war nicht herausgekommen. Was ihm wohl fehlte? Vielleicht musste er ein paar Tage hier bleiben, damit er wieder ganz gesund wird. Jetzt saß ich ganz allein mit Stefanie im Wartezimmer. Sie sprach beruhigend auf mich ein und streichelte mich. Die Wartezeit kam mir endlos vor. Die Türe ging auf, und Rolf humpelte mit einem neuen Verband heraus. Er kam nahe zu mir und flüsterte:

„Es war halb so schlimm, jetzt ist der Dorn weg, ich muss mich jetzt nur ein paar Tage schonen und mich verwöhnen lassen, dann kann ich wieder rennen wie der Wind. Ich wünsche dir alles Gute, es hat mich gefreut, dich kennen gelernt zu haben. Jetzt weiß ich, dass nicht alle Katzen böse sind, das ist ein Lichtblick! Auf Wiedersehen, meine Schöne, vielleicht treffen wir uns zufällig einmal wieder, es muss ja nicht hier sein!“, verabschiedete sich der Gentleman Rolf.

Nun war ich dran, ich zitterte nur so vor Aufregung. Die Frau Doktor begrüßte mich wie eine alte Bekannte:

„Ja, wer ist denn da? Wo fehlt es denn, meine liebe Cosma-Fee? Komm, lass dich erst einmal anschauen, ich werde dir helfen, damit du wieder froh bist!"
Sie guckte in mein Mäulchen und meinte: „Das ist ja kein Wunder, dass die Zähnchen weh tun, sie sind voll mit Zahnstein. Den werden wir entfernen, damit ist die Sache erledigt."
Ich bekam eine Spritze, davor hatte ich ja keine Angst, und wartete, was kommen würde. Aber die beiden Damen ließen mich auf dem Tisch sitzen und unterhielten sich, als wenn ich gar nicht da wäre. Plötzlich wurde ich sehr, sehr müde, legte mich der Länge nach hin und schlief ein.
Ich wachte daheim in meinem Körbchen auf. Beautiful saß neben mir und fing an, mich zu waschen, das macht sie immer, wenn sie mich beruhigen will. Meine Zähnchen schmerzten noch immer, aber nicht mehr so qualvoll, außerdem hatte ich einen Hunger wie ein bengalischer Tiger.
„Wie schön, dass du munter wirst. Jetzt ist es elf Uhr, du hast drei volle Stunden geschlafen. Ich bin froh, dass du da bist. So, jetzt ist es geschafft. Wie geht es dir, bist du noch benommen von der Narkose?", fragte Beautiful.
„Mir ist etwas übel, aber sonst geht es mir gut. Schaue meine Zähnchen an, ob sie wieder weiß sind. Beautiful, ich habe Hunger und Durst, glaubst du, ich kann schon etwas futtern? Ich bin gespannt, ob ich beißen kann!"
Beautiful begutachtete meine Zähne und meinte, dass sie noch nie so strahlend weiße Zähne gesehen hätte. Wir begaben uns daraufhin einträchtig zur Futterschüssel. Ich konnte es kaum fassen, aber es war eine

tolle Sache: ich konnte wieder fressen. Ich futterte, als ob ich eine Woche auf Diät gewesen wäre, so hungrig war ich. Nach diesem Festessen trollten wir uns gemeinsam zu unserem Körbchen und dösten den ganzen Nachmittag. Ich war sehr müde, kein Wunder, war dieser Tag doch ein anstrengendes Erlebnis für mich gewesen. Gegen Abend ging es mir schon wieder blendend, und ich erzählte Beautiful von meiner Bekanntschaft mit Rolf. Ich nahm mir vor, mich nie mehr vor einem Tierarztbesuch zu fürchten, es ist wirklich unnötig. Ich war wieder vollkommen zufrieden, es ist schon fürchterlich, wenn man nichts futtern kann, diese Erfahrung hatte ich wohl auch machen müssen.
Stefanie und Beautiful freuten sich mit mir, dass ich wieder gut bei Appetit war. Wie würde das ausgesehen haben, wenn ich auf einmal dürr gewesen wäre. Eine dünne Perserkatze, einfach unmöglich!
Einige Wochen später bekamen wir netten Besuch. Ein mit Stefanie befreundetes Ehepaar hatte seinen Besuch angekündigt. Sie waren ungefähr in Stefanies Alter und sehr freundlich. Sie hießen Antono und Cäcilia und wohnten in unserer Nähe. Aber nun kommt das Beste an ihrem Besuch. Sie brachten ein Tierchen mit, von dem wir anfangs nicht wussten, ob es eine Katze oder ein Hund war. Dieses „Etwas" war kleiner als wir, hatte schwarzes, wolliges, gewelltes Fell, sah einfach entzückend aus und hatte fürchterliche Angst vor uns. Es versteckte sich hinter Lizzy und machte ganz große Augen, dabei knurrte es. Nachdem Beautiful und ich vor diesem kleinen Ding nichts zu befürchten hatten, näherten wir uns ihm sehr vorsichtig. Auf einmal

schnappte dieses kleine Tierchen und bellte ganz frech. Jetzt wussten wir es, das war ein Hund. Bis zu diesem Zeitpunkt hatten wir gedacht, alle Hunde seien größer als wir, da sieht man wieder, wie man sich täuschen kann. Er ließ uns nicht an sich heran, wahrscheinlich hatte er auch noch nie eine Katze gesehen. Wir beide werden ihm das schon beibringen, dass wir ihm nichts tun. Wir ließen ihn einmal knurren und bellen und warteten, bis er sich an die Situation gewöhnt hatte. Endlich war er still, er ließ uns aber nicht aus den Augen. Beautiful wagte einen Vorstoß:

„Na, du kleiner Rowdy, bist du jetzt endlich still, damit wir uns unterhalten können? Du kannst ruhig hervorkommen, von uns droht dir keine Gefahr, wir sind wohlerzogene Katzen. Sage uns einmal, wie du heißt und wo du wohnst!“

Er sah uns zuerst misstrauisch an, dann kroch er hervor, aber immer noch in sicherer Entfernung von uns. Stefanie unterhielt sich mit den beiden Besitzern unseres kleinen Gastes, so dass wir uns ungestört mit ihm beschäftigen konnten. Sie waren allerdings überrascht, dass wir so freundlich zu ihrem Wicht waren. Na, da sieht man wieder, was wir für eine gute Kinderstube haben.

„Ich heiße Benny“, sagte er kleinlaut zu uns, „und ihr kratzt und beißt mich wirklich nicht? Vor Katzen habe ich nämlich große Angst, die sind falsch wie die Schlangen“, sagte diese Miniaturausgabe von Hund zu uns.

„Da bist du wahrscheinlich einer frei lebenden Katze begegnet, die sind schon wilder. Aber wir haben schon Freundschaften mit Riesenhunden geschlossen, die sind manchmal harmloser als die kleinen Hunde, aber das hat mit dir nichts zu tun. Was bist du für eine Rasse? Einen Dobermann und einen Schäferhund kennen wir schon, aber so einen kleinen schwarzen Teufel haben wir noch nie gesehen. Du gefällst uns aber sehr, man muss dich mögen, wenn man dich sieht. Also, komm her, legen wir uns in das Körbchen, für dich ist noch leicht Platz, wir machen es uns gemütlich, du kannst uns trauen", lockten wir ihn hervor. Er fasste sich Mut und lief uns treuherzig entgegen, er war wirklich ein süßes Kerlchen. Im Körbchen bestaunten wir ihn erst einmal ausgiebig, dann putzen wir ihn um die Wette. Er erzählte uns, dass er ein Zwerpudelchen ist. Er würde immer so klein bleiben. Sein Frauchen kann ihn in der Tasche spazieren tragen, wenn er vom Laufen müde wird. Als wir uns ausgiebig beschnuppert hatten, spielten wir Fangen mit Benny. Der Kleine war erstaunlich schnell. Er entdeckte meinen kleinen Gummiball und schleppte uns diesen immer wieder an, und wir warfen den Ball wieder durch das Zimmer. Er ermüdete aber sehr schnell und legte sich wieder ins Körbchen. Das mussten wir verstehen, denn er war ja noch so jung. Wir legten uns auch hinein und dösten dahin, während ich zuhörte, was unsere Gäste plauderten. Ich erfuhr, dass der Herr Antono ein Katzenfreund ist, auch wenn er einen Hund besitzt. Da gibt es nämlich zwei herrenlose „wilde" Katzen, die dieser gute Mann jeden Tag füttert, am Morgen und am Abend, egal welches Wetter wir haben. Die Katzen, der Kater heißt Sir Pete und die Katze Lorena, wohnen unter einer Loggia in einer ausrangierten Truhe. Antono hat sie ihnen wohnlich hergerichtet, mit Heu und warmen Decken, damit die armen Tiere nicht frieren müssen. Obwohl sie in der Freiheit leben, sind sie sehr zutraulich und kommen schon angerannt, wenn ihr Fütterer aus der Haustür kommt. Stefanies Mama, die auch dort in diesem Haus wohnt, hätte sich liebend gerne eine von diesen Katzen genommen, aber sie würden nie in einer Wohnung bleiben, sie sind die Freiheit gewöhnt und offensichtlich nicht unglücklich darüber. Mama gibt daher Herrn Antono, wenn sie ihn im Garten trifft, Katzenfutter für die beiden, auch andere Mitbewohner beteiligen sich an der Fütterung, aber Herr Antono ist der „Katzenfuttermann" , das steht außer Zweifel. Bei Schönwetter streunen sie auf der Wiese und im Gestrüpp herum, fangen manchmal eine Maus oder liegen einfach in der Sonne und dösen. Welch herrliches Katzenleben!

„Na, du würdest dich wundern, wenn du auf einmal keine warme Stube hättest und dein pünktliches Fressen! Stell dir vor, du müsstest Mäuse fangen, du würdest glatt verhungern, denn dazu muss man sehr schnell sein, ich habe das alles schon hinter mir, ich bin froh, dass ich keine Mäuse mehr fangen muss. Man wird ja immer älter und langsamer, das ist ein Jammer", belehrte mich Beautiful.

„Du hast ja Recht, war ja nur so ein Gedanke und bestimmt nicht ernst gemeint", gab ich Beautiful zur Antwort.

Unser Gast, das kleine Pudelchen schlief tief und fest bei uns im Körbchen und schmiegte sich fest an uns. Leider verging die Zeit sehr schnell, unsere Gäste verabschiedeten sich von Stefanie. Cäcilia nahm ihren kleinen Hund aus dem Korb und setzte ihn in ihre

Tasche. Der kleine Wicht merkte das nicht einmal, schlief einfach weiter. Herr Antono streichelte mich ausgiebigst und bewunderte meine grenzenlose Schönheit, dann wollte er auch Beautiful streicheln. Das hätte er lieber nicht machen sollen. „Säbelzahntiger“ vergaß ihre guten Manieren und versetzte ihm einen Prankenhieb, der war nicht von schlechten Eltern.

„Na, du bist aber eine grantige Madame, was soll denn das?“, lachte Antono, denn er nahm diesen Ausrutscher von Beautiful nicht so tragisch, weil er sich mit Katzen auskannte. Da hatte die liebe Beautiful wohl vergessen, was sie mir versprochen hatte

Der Oktober kam, das war der Monat, wo wir immer Geburtstag feierten. Beautiful und ich sind nämlich beide Herbstkatzen. Mein Geburtstag ist ja bekannt, weil ich einen Katzenpass besitze, aber bei Beautiful wissen wir nur, dass es der Herbst war. Aus diesem Grunde wurden unsere persönlichen Festtage auf ein gemeinsames Datum verlegt. Was liegt da näher, als den Namenstag des Heiligen Franz von Assisi zu wählen, ist er doch der Schutzpatron der Tiere. Das ist der 4. Oktober, an diesem Tag ist auch Welttierschutztag. Eigentlich hatten wir ja immer Geburtstag, jeden Tag, aber deswegen feiern wir gerade diesen Tag ja auch so gerne. Wir werden an diesem Tag nämlich besonders liebevoll behandelt und gestreichelt, und das Futter ist à la carte. Da gibt es zum Frühstück schon weiches, gut abgelagertes Rindfleisch, dann „Sternchen“, das ist eine Knuspermahlzeit, auf die wir total abfahren. Und zum Nachtisch gibt es natürlich unseren heiß geliebten Schlagobers zum Schmausen. Mit einem

Wort: ein Festmahl! Nicht, dass wir sonst nichts Gutes bekämen, das können wir nun wirklich nicht behaupten, aber Schlagobers und Rindfleisch gibt es nicht jeden Tag. Wir würden es natürlich schon täglich fressen, aber da wären wir wahrscheinlich schon zehn Kilo schwer. Das wäre bestimmt nicht gesund für uns, meint Stefanie, womit sie eventuell sogar Recht haben könnte. Den ganzen Tag müssen wir dann allerdings alleine sein, weil unsere Stefanie Geld verdienen muss, damit es uns weiterhin so gut geht. Wenn sie wieder zu uns kam, spielte sie mit uns Verstecken oder warf uns die Fellmäuse zum Apportieren durch das Zimmer. Wir hatten immer unseren Spaß daran. Zum Beispiel ist Beautiful schon elf Jahre alt, ich bin ein Jahr jünger, wir sind also keine Teenager mehr, sondern schon ausgewachsene Katzendamen, wir sehen aber beide noch blendend aus. Ich konnte es manchmal gar nicht fassen, dass wir schon neun schöne Jahre zusammenlebten. Am Abend ruhten wir dann nach einem guten Nachtmahl bei Stefanie im Fernsehsessel, so ging dann der schöne Tag zu Ende. Ach, ja, ein Geschenk bekamen wir natürlich auch: weiße und graue Fellmäuse und einen neuen Ball, denn den alten hatte der kleine Benny beim letzten Besuch total zerbissen, aber das haben wir ihm sofort verziehen, weil er ja noch ein Hundebaby war.
Weihnachten kam wieder einmal, das Jahr neigte sich dem Ende zu. Draußen war es bitter kalt, wir waren entsprechend froh, in der warmen Stube zu sein. Diese armen Kätzchen, die keinen ordentlichen Wohnungsplatz hatten, taten uns schon sehr Leid.

„Einen Winter habe ich auch schon einmal erlebt ohne ein Dach über dem Kopf. Das war damals, als ich noch eine ganz junge Katze war. Ich erinnere mich, mir war damals immer so kalt, dass ich oft Angst hatte, erfrieren zu müssen. Ich fand damals Platz in einem Bauernhof, aber in die Wohnstube durfte ich nicht, ich war ja eine fremde, zugelaufene Katze. Eine alte Katze ließ mich dann bei ihr im Kuhstall schlafen, da war es im Heu wenigstens ein bisschen warm. Aber die ganze Nacht hatte ich Angst vor den Kühen, dass sich eine einmal versehentlich auf mich legt, dann wäre es aus mit mir gewesen“, erzählte mir Beautiful.
In der Silvesternacht waren wir allein. Stefanie hatte es diesmal vorgezogen, bei Tarota und Oscar Silvester zu feiern. Sie ging schon um acht Uhr weg und würde wahrscheinlich erst im nächsten Jahr kommen. Wie das klingt, was? Beautiful erzählte mir einige Geschichten aus ihrer Jugendzeit, so verging die Zeit sehr schnell, im Nu war es Mitternacht. Doch, was war das? Auf einmal knallte es an allen Ecken und Enden, und im Zimmer blitzte es immer wieder auf. Wir fürchteten uns und flüchteten ins Badezimmer. Dort war es zwar finster, aber die Knallerei war auch hier zu hören.
„Wenn nur Stefanie hier wäre, sie wird sich wahrscheinlich auch fürchten“, jammerte ich.
Zu allem Überdruss läutete auch noch das Telefon.
„Das ist jedes Jahr so, aber bisher war Stefanie immer bei uns, da ist uns das nicht so aufgefallen“, gab mir Beautiful zur Antwort, „du wirst sehen, in einer halben Stunde ist es wieder ruhig, und wir können wieder in unser Körbchen und schlafen.“

Und wirklich: Auf einmal war es ganz still in der Wohnung, richtig unheimlich war das nun nach dieser Knallerei. Wir stolzierten ins Schlafzimmer und legten uns auf Stefanies Bett. Endlich konnten wir einschlafen und träumten von Rindfleisch und Schlagobers.
Am Neujahrstag, Stefanie war irgendwann in der Nacht gekommen, lagen wir den ganzen Vormittag bei Stefanie im Zimmer. Sie hatte sehr lange geschlafen, so dass wir schon befürchteten, dass das Frühstück ausfällt. So gab ich ihr einen kleinen Stups mit meiner samtweichen Pfote, damit sie wach wird. Sie streckte sich, gähnte, und sah uns verschlafen an.
„Na, meine Damen, wie geht es euch, sollen wir uns ein ausgiebiges Frühstück genehmigen?“, fragte sie uns, obwohl sie ja nicht ahnen konnte, dass wir sie genau verstehen. So gab ich ihr höflich „Köpfchen“ und marschierte zielgerecht in die Küche, Beautiful folgte mir nach. Stefanie hatte uns sofort verstanden, quälte sich mühsam aus dem Bett, zog ihren Schlafrock an und kam zu uns. Stefanie ist ein gut erzogenes Frauchen und fütterte natürlich zuerst uns, erst dann gönnte sie sich ein Gala-Frühstück. Wir mussten zugeben, das neue Jahr begann nicht schlecht, alles super für uns.
Es fiel uns in den nächsten Tagen auf, dass Stefanie in der Frühe nicht wegging, sondern bei uns blieb.
„Sie wird ein paar Tage Urlaub haben, über die Feiertage“, mutmaßte Beautiful, denn Stefanie war schon seit Weihnachten daheim, „aber es wäre schon schön für uns, wenn sie immer da wäre, stimmt's?“
Es verging eine Woche, es vergingen zwei Wochen, und auch in der dritten Woche blieb Stefanie bei uns.

„Sie wird doch nicht krank sein, weil sie keine Brötchen mehr verdient. Aber krank sieht sie eigentlich nicht aus, im Gegenteil, ich habe den Eindruck, dass es ihr sogar sehr gut geht“, sagte ich zu Beautiful, „sie wird doch nicht ihren Job verloren haben, das wäre schrecklich für uns, wo wir doch so verwöhnt sind“, gab ich zu bedenken.
„Aber nein, ich habe sie telefonieren gehört, vermutlich mit Maxi. Sie hat ihrer Freundin erzählt, dass sie ab Jänner in Pension geht, das heißt, dass sie nun für immer bei uns bleibt, ist das nicht herrlich?“, strahlte Beautiful.
„Warum hast du mir das nicht früher gesagt, ich habe mir schon Sorgen gemacht wegen Stefanie“, rügte ich Beautiful.
„Ich dachte, du hättest dieses Gespräch auch gehört, aber du hast wahrscheinlich wieder einmal geschlafen. Aber jetzt ist alles klar für uns. Liebe Cosma-Fee, ich ahne, wir haben eine tolle Zukunft vor uns, wir können uns freuen!“, frohlockte meine Freundin.
Nun waren wir von einem Tag auf den anderen Pensionistenkatzen geworden Wir waren nicht mehr so temperamentvoll wie früher, sondern sind brave Wohnungsmiezen. Ich muss sagen, wir machten unserer Stefanie viel Freude Die Zeit eilte dahin, und im Nu war es schon wieder Frühling. Wir freuten uns schon auf die ersten warmen Sonnenstrahlen, damit wir wieder auf der Loggia die Sonne genießen konnten.
Irgendwann im Frühling bemerkte ich, dass Beautiful sehr wenig futterte, auch war sie bereits merklich dünner geworden.

Beauty, schmeckt dir das Futter nicht mehr, weil du so wenig zu dir nimmst?“, wollte ich von ihr wissen.
„Cosma-Fee, immer, wenn ich Hunger habe und etwas fresse, wird mir sehr übel. Der ganze Bauch tut mir weh und ich fühle mich nicht sehr wohl. Ich bin auch sehr müde und immer schläfrig, ich kann mir das nicht erklären. Hoffentlich merkt das Stefanie nicht, denn sonst fährt sie mit mir wieder zur Tierärztin, ich habe nämlich kein gutes Gefühl bei der Sache“, meinte sie.
„Das ist aber keine Lösung, meine Liebe. Wenn du krank bist, musst du es Stefanie schon merken lassen, nur sie kann dir helfen. Bitte, Beautiful, du bist so eine mutige Katze, du bist immer mein Vorbild gewesen, wir müssen etwas tun. Du wirst sehen, es ist bestimmt nur eine Magenverstimmung, und dann kannst du wieder ordentlich fressen. Kannst du dich an meine Geschichte mit den Zähnen erinnern? Ich habe mich damals auch sehr gefürchtet, aber dann war ich froh, dass mir die Frau Doktor geholfen hat“, redete ich ihr zu.
„Ja, ich weiß, aber das war etwas anderes, und du warst damals noch etwas jünger. Ich aber bin schon eine ältere Katzendame, wer weiß, was mir nur fehlt. Cosma-Fee, bitte, friss meine Portion auch weg, damit Stefanie es nicht sieht, dass ich nichts fressen kann!“, flehte sie mich an.
Sie sah mich mit ihren großen Augen hilflos an. Sie war wirklich dünner geworden, auch ihr Gesichtchen war etwas schmaler. Nein, bei aller Freundschaft und Liebe, die ich für meine Beautiful empfand, das durfte ich nicht tun. Sie würde wahrscheinlich verhungern, die Arme.

„Beautiful, wenn du nicht fressen kannst, wirst du verhungern, und das will ich nicht. Du wirst wieder gesund werden, davon bin ich überzeugt. Wir beide werden das schon schaffen, nur Mut, meine Kleine!"
Sie sagte nichts darauf und ging auf unser Körbchen zu. Sie legte sich hinein, rollte sich zusammen und schlief ein. Ich setzte mich zu ihr und beobachtete sie eine Weile. Hoffentlich ist sie nicht ernstlich krank. Ich wünschte in diesem Augenblick nichts anderes, als meiner Beautiful helfen zu können. Nein, ich werde nicht einen Bissen von ihrem Futter anrühren, damit Stefanie etwas unternimmt. Beautifuls Zustand machte mir doch einige Sorgen. Sie blieb bis zum nächsten Tag im Körbchen, kam auch nicht mit in die Küche zum Frühstück. Stefanie sah nach ihr und wollte sie hoch nehmen, aber Beautiful wehrte sich dagegen und wollte liegen bleiben.
„Beautiful, was ist denn mit dir? Komm, ich habe dir etwas Gutes vorbereitet. Du siehst krank aus, ich werde mit dir zur Frau Doktor fahren, vielleicht brauchst du Vitamine, damit du wieder Appetit bekommst!"
Stefanie strich ihr vorsichtig über das Bäuchlein, als Beautiful auf einmal jämmerlich aufschrie. Es hörte sich sehr schlimm an. Stefanie setzte sie wieder auf ihr Plätzchen und eilte zum Telefon, um die Frau Doktor anzurufen. Sie erzählte von Beautifuls wehem Bauch und bekam sofort einen Termin. In Windeseile holte sie den Transportkorb, legte eine weiche Decke hinein und setzte Beautiful in den Korb. Darüber legte sie ein Tuch, damit sich Beautiful nicht fürchtete, wenn sie mit

dem Auto fuhren. Bevor sie weggingen, redete ich Beautiful noch zu und sagte ihr:
„Du wirst sehen, wenn du wieder kommst, geht es dir schon besser. Alles Gute, ich warte auf dich!"
Die Zeit wollte nicht vergehen. Zwei Stunden waren schon vergangen, und noch immer war ich allein in der Wohnung. Hoffentlich ging es Beautiful schon besser, aber je später es wurde, um so unruhiger wurde ich. Endlich hörte ich den Schlüssel an der Wohnungstüre. Ich eilte sofort ins Vorzimmer, um zu sehen, was los war. Stefanie kam mit Beautiful zurück, sie lag zusammengerollt im Korb. Stefanie hob sie vorsichtig heraus und legte sie ins Körbchen. Ich setzte mich zu ihr und wartete, bis sie munter werden würde. Sie schlief noch eine ganze Weile, bis sie ihre Äuglein öffnete. Verschlafen sah sie mich an und streckte mir ihr kleines Pfoterl entgegen. Ich sah eine kahle Stelle mit einem kleinen Einstich.
„Man hat mir etwas Blut abgenommen, daran kann man erkennen, welche Krankheit ich habe. Ich war sehr tapfer und habe keinen Zucker gemacht, Stefanie war richtig stolz auf mich. Dann bekam ich noch eine Spritze, damit es mir wieder besser geht. Ich glaube, die Sache kommt bestimmt wieder in Ordnung. So, und nun lass mich ein bisschen schlafen, denn das war alles sehr aufregend für mich!"
Ich war sichtlich erleichtert und hoffte ebenfalls, dass sie wieder gesund würde. Die nächste Zeit war sie etwas munterer und wir glaubten, das Schlimmste hinter uns zu haben.
Sie futterte wieder, zwar sehr wenig, aber es ging aufwärts. Jedoch nach einer Woche bekam Beautiful

einen schrecklichen Rückfall. Sie wollte aufstehen und fiel immer wieder um. Es war schrecklich, das anzusehen. Stefanie erschrak fürchterlich und fuhr mit ihr sofort zur Tierärztin. Wieder wartete ich voller Bangen uns Sorge auf Beautiful. Nach ungefähr einer Stunde kamen sie zurück. Stefanie sah ganz verstört aus, und Beautiful schlief schon wieder im Korb. Diesmal aber verging der ganze Nachmittag, bis sie endlich erwachte. Sie hatte ganz trübe Augen und war sehr matt.
„Wie geht es dir, fühlst du dich etwas besser?“, fragte ich sie.
„Nein, Cosma-Fee, leider geht es mir nicht besser, im Gegenteil, mir tut jeder Knochen weh. Ich kann nicht aufstehen, es ist, als würden meine Hinterbeine nicht mir gehören. Ich habe wieder eine Spritze bekommen, und übermorgen müssen wir wieder hinfahren. Leider hat die Frau Doktor ein sehr besorgtes Gesicht gemacht, das hat mir nicht gefallen. Liebe Cosi, ich glaube, mit mir geht es langsam, aber sicher zu Ende“, sagte sie sehr traurig.
„Du bist jetzt sehr verzagt, weil du nicht laufen kannst, aber es wird schon wieder werden. Du bist ja keine alte Katze, du weißt ja, wir Katzen können sehr alt werden. Ich bin überzeugt, wir zwei gehören auch dazu!“, wollte ich ihr Mut zusprechen.
Sie lächelte mich zaghaft an und nickte mit dem Köpfchen.
„Mach dir keine Sorgen Cosma-Fee, komm zu mir ins Körbchen, schlafen wir ein bisschen. Vielleicht hast du Recht, dass es mir wieder besser gehen wird. Ich würde es mir auch sehr wünschen!“

Gegen Abend stand Beautiful auf und ging sehr wackelig, aber aufrecht in die Küche, um sich zu stärken. Ich freute mich sehr darüber, denn sie war meiner Meinung nach auf dem Wege der Besserung. Ich folgte ihr nach, und wir beide verspeisten eine Portion Schlagobers. Das war eine gute Mahlzeit. Beautiful schmeckte es scheinbar auch. Anschließend legte sie sich wieder ins Körbchen und schlief sofort ein. Später legte ich mich zu ihr dazu, damit sie meine Nähe spürte. Ich war überzeugt, dass sie wieder gesund wird.

Den ganzen nächsten Tag verließ sie nicht ihren Platz. Sie konnte ihre Hinterbeine nicht in die Höhe kriegen. Stefanie fütterte die Arme mit der Hand und sprach leise und liebevoll auf sie ein. Beide waren sehr traurig dabei. Beautiful schleckte nur ein bisschen Schlagobers, mehr wollte sie nicht, es war ein Jammer. Vor lauter Kummer brachte ich keinen Bissen hinunter, das war bei mir wirklich ungewöhnlich, wo ich ja immer Appetit hatte. Meine Freundin wurde immer weniger, sogar die Knochen sah man schon, das hatte ich vorher gar nicht bemerkt. Man sah, dass sie fürchterliche Schmerzen hatte, aber sie war sehr tapfer. In der Nacht konnte ich kein Auge zu tun, vor lauter Sorge um meine Beautiful. Ich legte mich zu ihr, um sie zu wärmen. Sie zitterte am ganzen Körper, ich spürte, dass sie meine Nähe wollte. Dann liebkoste und streichelte ich sie und weinte still vor mich hin.

„Säbelzahntiger, mein lieber Säbelzahntiger, du musst wieder gesund werden, gib ja nicht auf, ohne dich würde ich sehr einsam sein!“, flehte ich sie an

Ich hielt sie mit meiner Pfote umschlungen und schlief ein. Im Morgengrauen erwachte ich und sah, wie es Beautiful ging. Sie sah mich an und flüsterte:
„Cosma-Fee, ich weiß, dass ich diese Krankheit nicht überlebe. Sei nicht traurig, wenn ich in den Katzenhimmel komme. Verzeihe mir, wenn ich dich manchmal geärgert habe, aber ich habe dich mein ganzes Katzenleben lang immer gern gehabt. Es war sehr schön, mein Leben mit dir und Stefanie, ich wünsche dir, dass du noch viele Jahre hier bleiben kannst. Auf Wiedersehen, meine kleine Prinzessin!"
Beautiful schloss ihre schönen Augen und schlief ein – für immer ...
Stefanie und ich waren beide todunglücklich. Sie legte Beautiful in den Transportkorb und fuhr mit ihr weg. Später erfuhr ich, dass sie meine Freundin „Säbelzahntiger" in einem Garten begraben hatte. Wir zwei liefen planlos in der Wohnung herum und weinten. Ja, auch ich weinte, zwar nicht wie die Menschen, sondern mit meinem Herzen. Mein Leben war trostlos und einsam. Voller Verzweiflung suchte ich sie überall, weil ich es lange nicht fassen konnte, dass sie nicht mehr hier war. Stefanie war sehr lieb zu mir und verwöhnte mich, wo sie nur konnte, aber sie sah auch meinen traurigen Blick. Ich wollte nicht mehr spielen, die Fellmäuse lagen nur mehr herum, mit einem Wort, mich freute das Leben nicht mehr. Wie sollte das nur weitergehen? Wenn ich aber daran dachte, wie viele Schmerzen meine Beautiful ertragen musste, war es für sie bestimmt eine Erlösung. Das war für Stefanie und mich allerdings auch kein Trost, denn sie fehlte uns sehr!

MIRA-LU

Nun waren Stefanie und ich allein in der Wohnung. Gut, dass Stefanie schon in Pension war, denn sonst wäre ich den ganzen lieben Tag alleine gewesen. Wir verbrachten viel Zeit miteinander, ich folgte ihr auf Schritt und Tritt. Mit der Zeit gewöhnten wir uns daran, dass wir nur mehr zu zweit waren. Oft sah sie mich fragend an, als wollte sie etwas von mir wissen. Ich war in der letzten Zeit etwas runder geworden, weil mir die Bewegung fehlte. Mit Beautiful war ich doch oft durch die Zimmer gesaust, bis wir vor Müdigkeit umfielen. Tarota kam auch öfters zu uns, aber den lieben Floro hatte sie nicht mit. Ist er am Ende auch krank? Ich wollte gar nicht daran denken, es war alles so grau in grau um mich.
Die Tage wurden wieder schöner, der Frühling schickte uns die ersten warmen Sonnenstrahlen. Stefanie und ich konnten jetzt schon wieder die Mittagssonne auf der Loggia genießen. Ich dachte oft an meine Beautiful, wie schön es doch wäre, wenn sie auch noch hier wäre.
Aber das Katzenleben ging weiter. An einem Samstag fuhr Stefanie weg und ließ mich fast zwei Stunden allein. Wo blieb sie nur so lange? Sie hatte mich vor dem Wegfahren ganz lieb angesehen und gesagt:
„Cosma-Fee, ich habe eine Überraschung für dich, du wirst dich bestimmt freuen. Warte nur, bis ich zurückkomme, da wirst du schauen!“
Nun, das Warten dauerte ganz schön lange. Was hatte sie nur für eine Überraschung für mich? Bekamen wir

vielleicht Besuch, oder würde sie einen besonderen Leckerbissen bringen? Endlich wurde meine Neugier gestillt, Stefanie kam zurück. Sie schleppte unseren Transportkorb in das Wohnzimmer und stellte ihn ab. Was sah ich da?

„Säbelzahntiger", rief ich voll Freude, aber zugleich erkannte ich, dass dies ja nicht möglich war. Eine Katze saß im Korb, die aussah wie unsere Beautiful, nur war sie kleiner. Enttäuscht zog ich mich auf meinen Platz am Fenster zurück und würdigte die kleine Katze keines Blickes. Was soll ich nur mit dieser Mieze anfangen, ich kenne sie ja gar nicht! Stefanie öffnete den Korb und sagte zu mir:

„Schau, Cosma-Fee, was ich dir gebracht habe. Ist sie nicht niedlich? Ich habe sie geholt, weil sie mir so gefallen hat und an die Beautiful erinnert. Du bist immer so traurig und einsam, darum dachte ich mir, eine neue Freundin würde dir bestimmt gefallen, damit du endlich deinen Kummer vergisst!"

Aber ich wollte diese Katze nicht! Meine Beautiful konnte niemand ersetzen, selbst wenn sie genauso ausgesehen hätte wie sie. Ich sah sie nicht einmal an. Vielleicht merkt Stefanie meinen Unwillen und bringt sie wieder dorthin, wo sie daheim ist. Stefanie war sichtlich enttäuscht über mein Verhalten. Sie holte das kleine Kätzchen heraus und setzte es auf den Boden. Die Katze blieb wie versteinert sitzen, weil sie Angst hatte. Plötzlich fiel mir ein, dass es mir vor Jahren auch so ähnlich ergangen war, und hatte doch ein bisschen Mitleid mit der Kleinen. Jedoch hatte ich ja seinerzeit meinen Platz verloren, aber diese Katze hatte ja eine

Heimat, was tat sie dann hier? Ich gab mir aber trotzdem einen Ruck und stieg vom Fenster herunter, um diese neue Bewohnerin zu begutachten. Ich stolzierte auf sie zu, aber bevor ich auch nur in ihre Nähe kam, nahm sie Reißaus und versteckte sich. Na ja, auch gut, sie wird schon wieder hervorkommen, wenn sie Hunger hat.

„Wollen wir sie Beautiful nennen?“, fragte mich Stefanie und streichelte mir über mein Fell. Ich schüttelte meinen Kopf und sperrte mein Mäulchen weit auf. Wahrscheinlich glaubte jetzt Stefanie, ich hätte nein gesagt, was ja eigentlich stimmte. Wenn wir sie auch Beautiful nennen würden, so wäre sie es trotzdem nicht, daher hoffte ich, sie würde einen anderen Namen bekommen.

„Miaaaauuuu“, maunzte ich. Gelangweilt trollte ich mich wieder auf das Fensterbrett. Das war eine schöne Bescherung. Einerseits würde wieder mehr Leben ins Haus kommen, andererseits war mir meine Ruhe heilig. Ich würde mich wohl oder übel damit abfinden müssen, ich werde ihr schon zeigen, wer hier das Sagen hat. Ich war ganz durcheinander, am besten, ich warte einmal ab, wie das weitergeht. Ich tat, als ginge mich das alles nichts an. Stefanie bemühte sich sehr um das kleine Kätzchen, damit sie wieder aus ihrem Versteck kommen würde. Sie war gar nicht so verschreckt, wie ich erst dachte. Sie verdrückte eine halbe Dose Futter auf Anhieb, ohne abzusetzen, so hungrig war sie. Dann nahm sie sofort mein Körbchen in Besitz, ohne mich zu fragen, na, die traut sich was! Sie hatte überhaupt keine Angst. Ich sprang zu ihr und wollte mich auch zu ihr setzen, aber sie fauchte wie eine kleine Löwin und wollte mir einen Prankenhieb versetzen. Ich umkreiste sie und überlegte, ob ich ihr nicht gleich einmal eine Lektion erteilen sollte, aber sie sah mich so unschuldig mit ihren großen Kinderaugen an, dass ich ihr nichts tun konnte. Sie war eine schöne Katze, sie hatte seidiges Fell und sah Beautiful wirklich ähnlich, nur hatte sie einen buschigen Schwanz wie ein Eichhörnchen. Stefanie nannte sie nicht „Beautiful“, sondern gab dieser Mieze den Namen Mira-Lu. Dieser Name passte wirklich zu ihr. Nun hatte ich also wieder eine Gefährtin, obwohl sich meine Freude in Grenzen hielt. Ich hatte mich doch schon ein bisschen daran gewöhnt, mit Stefanie alleine zu sein, aber ich nahm mir vor, es Mira-Lu nicht merken zu lassen, dass ich eigentlich lieber allein geblieben wäre. Mira-Lu war eine sehr temperamentvolle Katze, sie fegte durch die Wohnung wie ein Blitz. Ich musste oft aufpassen, dass sie mich nicht umrannte. Sie war immer quietschvergnügt und immer zu Albernheiten und Streichen aufgelegt. Sogar Stefanie wurde dieser kleine Wildfang manchmal zu viel, denn Beautiful und ich waren ja sehr brave Katzen gewesen. Jetzt waren wir also wieder zu dritt. Stefanie spielte viel mit uns und freute sich über Mira-Lu, weil sie so ein liebes Kätzchen war. Ich war fürchterlich eifersüchtig auf Mira-Lu, ich glaubte, Stefanie würde sie mehr mögen als mich. Am Anfang, als Mira-Lu kam, dachte ich, vielleicht würde Stefanie sie wieder auf den Bauernhof zurückbringen, wenn sie schlimm wäre, aber das störte sie überhaupt nicht. Aber als Mira-Lu sich an der Vorzimmertapete die Krallen schärfte, da war Stefanie wirklich böse auf Mira-Lu.

„Ich bringe sie zurück, das halte ich nicht aus, überall ist sie, wo sie nicht sein soll!“, ärgerte sich Stefanie, und ich hoffte, bald wieder alleine zu sein mit ihr.
Mein Körbchen konnte ich vergessen, das hatte Mira-Lu sich einverleibt. Sie wollte immer mit mir plaudern, aber ich gab ihr nie eine Antwort. Sie sollte endlich merken, dass sie von mir nicht erwünscht war. Ich war nicht mehr der Mittelpunkt, und das tat mir sehr weh. Mira-Lu merkte meine Ablehnung und wurde immer stiller. Sie spielte alleine mit den Fellmäusen und machte einen traurigen Eindruck. Oft saß sie am Fenster und schaute sehnsüchtig hinaus. Ich glaube, sie hatte Heimweh. Ich begann nachzudenken, ob ich mich nicht doch ihrer annehmen sollte. Ich hatte es auch einmal erlebt, diese Traurigkeit, also nahm ich mir vor, zur kleinen Mira-Lu lieb zu sein. Ich sah ein, dass sie nichts dafür konnte, und Stefanie hatte es eigentlich auch nur gut gemeint, sie wollte ja, dass ich wieder eine Freundin habe. Von dieser Seite betrachtet, hatte ich beiden Unrecht getan. Als ich Mira-Lu in meinem Körbchen schlummern sah, musste ich lächeln, sie war wirklich eine süße Mieze.
Am nächsten Morgen herrschte totale Aufregung. Mira-Lu war spurlos verschwunden. Stefanie suchte sie den ganzen Vormittag in der Wohnung.
„Wo kann sie nur sein, dass ich sie nicht finde?“, jammerte sie und begann von neuem mit der Suche. Auf einmal entdeckte sie, dass das Fenster auf die Loggia offen war. Sie hatte vermutlich vergessen, es am Abend zu schließen, und nun war die kleine Mira-Lu entwischt.

„Um Gottes Willen, sie ist fortgelaufen, wo soll ich sie nun suchen?“ Sie war völlig verzweifelt und weinte.
„Wir müssen sie suchen, vielleicht hat sie jemand gefunden. Das arme Kätzchen, es wird ihr doch nichts passiert sein?“
Wenn das einige Tage vorher geschehen wäre, hätte ich mich vermutlich gefreut, dass ich Stefanie wieder für mich alleine habe. Aber nun dachte ich ganz anders. Sie war ja noch so jung und der Freiheit ausgeliefert. Sie würde bestimmt verhungern oder auf der Straße von einem Auto überfahren werden. Ich war auf einmal genauso besorgt um die kleine Mira-Lu wie Stefanie. Das schlechte Gewissen ließ mir keine Ruhe, weil ich nicht lieb zu ihr gewesen war. Stefanie machte sich sofort auf die Suche nach ihr. Nach langer Zeit kam sie mit verweintem Gesicht wieder. Ich sah es sofort, sie hatte die kleine Mira-Lu nicht gefunden. Stefanie setzte sich hin und schrieb auf große Bogen Schreibpapier Suchmeldungen. Darauf beschrieb sie unsere Mira-Lu und tippte unsere Adresse und unsere Telefonnummer dazu. Dann ging sie wieder weg. Sie befestigte die Meldungen auf den Tafeln in den Stiegenhäusern unserer Siedlung und auf Bäumen in der Umgebung. Jetzt konnten wir nur noch hoffen, dass die kleine Mira-Lu gefunden wurde. Trotzdem ging aber Stefanie immer wieder auf die Suche.
„Die kleine Mira-Lu ist ein schönes Kätzchen, vielleicht hat sie schon jemand gefunden und behalten. Wenn ich nur wüsste, was mit ihr geschehen ist. Diese Ungewissheit macht mich ganz krank, ich kann gar

nicht mehr schlafen. Warum habe ich auch nur das Fenster vergessen?"

Sie quälte sich mit Selbstvorwürfen, Stefanie tat mir auch Leid. Wenn ich doch nur ein bisschen freundlicher zu Mira-Lu gewesen wäre, dann wäre das bestimmt nicht passiert. Ich hätte besser auf sie aufpassen sollen. Es war, als wollten die Aufregungen bei uns überhaupt nicht enden.

Es vergingen drei schreckliche Wochen, und noch immer keine Spur von unserer Mira-Lu. Es hatte auch niemand angerufen, wir hatten keine Hoffnung mehr, sie zu finden.

„Hätte ich sie doch nicht geholt, dann wäre sie noch auf ihrem Bauernhof, würde noch leben und froh sein."

Stefanie fand keine Ruhe, sie konnte es nicht glauben, dass wir die Mira-Lu nicht mehr finden würden. Jeden Tag ging sie in der Siedlung herum, um sie zu suchen. Jetzt war ich zwar mit Stefanie wieder alleine, aber freuen konnte ich mich darüber nicht mehr. Sogar beim Futtern musste ich an Mira-Lu denken, weil ich fürchtete, dass sie vielleicht schon verhungert war.

In der folgenden Nacht träumte ich von einer total ausgehungerten Mira-Lu, die nur mehr aus Haut und Knochen bestand, ich wünschte mir nichts mehr, als dass sie wieder hier wäre. Ich wurde wach und war völlig verstört. Aber nach einer Weile schlief ich dann doch ein.

Beautiful saß bei meinem Körbchen und betrachtete mich. Ich sah sie an und rief erfreut:

„Beautiful, mein Säbelzahntiger, wie schön, dass du da bist, ich bin am Boden zerstört, unsere Mira-Lu ist weg!", klagte ich ihr mein Leid.

„Ich weiß, darum bin ich auch gekommen, um mit dir zu reden Ich kann dir nachfühlen, wie dir ist. Leider hast du auch große Fehler gemacht. Aber jetzt darüber zu diskutieren, ist es zu spät. Was würdest du machen, wenn die kleine Mira-Lu wieder kommen würde?“, fragte mich Beautiful.

„Alles, wirklich alles, das kannst du mir glauben. Nur haben Stefanie und ich die Hoffnung schon aufgegeben, sie zu finden. Ich kann keine Ruhe finden, so arg empfinde ich das. Beautiful, warum bist du nur in den Katzenhimmel gegangen und nicht bei mir geblieben, dann wäre ich noch immer eine glückliche Katze“, sagte ich verzweifelt.

„Wir müssen alle einmal dorthin, und ich kann dir sagen, es gefällt mir gut hier. Es sind lauter liebe Tiere da, und das Schönste daran ist, dass wir keine Schmerzen mehr verspüren. Außerdem wissen wir alles, was bei euch herunten auf der Erde geschieht. Als ich sah, wie unglücklich du wegen der kleinen Mira-Lu warst, musste ich zu dir kommen. Diese kleine Katze hat dir Stefanie doch nur gebracht, damit du nicht so einsam bist. Sie ist lange herumgefahren, bis sie die Mira-Lu gefunden hat. Sie suchte nur nach einer Katze, die mir ähnlich sieht. Aber du hast das nicht verstanden und warst fürchterlich eifersüchtig auf Mira-Lu. Du solltest einmal darüber nachdenken. Kannst du dich nicht mehr erinnern, wie du zu uns gekommen bist? Ich war auch nicht gerade hoch erfreut über dich, aber du warst so ein hilfloses Kätzchen, dass ich bei deinem Anblick jegliche Eifersucht vergaß. Du warst wie ein Katzenkind für mich, und ich wollte dich nie mehr vermissen.

Aber, liebe Cosma-Fee, ich werde dir jetzt etwas verraten, weil ich weiß, dass du ja eine gute Katze bist, und nur die Trauer über mich dich so handeln hat lassen. Denke daran, wie schön wir es hatten!"
Beautiful hatte ja Recht, es ist wahr, ich war wirklich unhöflich und bestimmt nicht sehr lieb zu der kleinen Mieze gewesen. Wenn ich das doch nur ungeschehen machen könnte, ich würde alles geben. Mira-Lu muss wirklich sehr unglücklich bei uns gewesen sein, sonst wäre sie nicht verschwunden.
„Beautiful, was soll ich nur tun, damit meine Seele wieder Ruhe findet?"
„Also gut, liebe Cosma-Fee, die kleine Mira-Lu lebt ganz in der Nähe von hier. Du musst mit Stefanie zur alten Wäscherei gehen und sie dort suchen. Ich weiß, dass sie dort lebt Aber besonders gut geht es ihr natürlich nicht. Sie schläft dort mit einigen streunenden Katzen, die sich aber sehr ihrer annehmen. Ihr müsst sie aber bald suchen und auch finden, sonst verwildert sie. Sie sieht jetzt schon sehr heruntergekommen aus Es fragt sich allerdings, ob sie noch zu dir kommen will. Ich wünsche dir Erfolg bei deiner Suche, es wird schon klappen. Allerdings musst du mir versprechen, dass du die kleine Mira-Lu dann genauso magst wie mich. Du wirst sehen, ihr werdet noch die besten Freundinnen werden!"
Bevor ich noch antworten konnte, war Beautiful wieder verschwunden. Ich erwachte und stellte enttäuscht fest, dass ich nur geträumt hatte. Dieser Traum ging mir aber den ganzen Tag nicht aus dem Kopf. Da war etwas mit einer Wäscherei. Es gab nämlich wirklich in der Nähe ein altes Haus, fast schon eine Ruine, wo früher

einmal eine Wäscherei war. Sollte die kleine Mira-Lu wirklich dort sein, musste ich mir etwas einfallen lassen, denn die Zeit drängte. Die ganze Zeit überlegte ich, wie ich das anstellen sollte, auf einmal hatte ich eine Idee. Als Stefanie weggehen wollte, zwängte ich mich durch die Türe und entwischte aus der Wohnung. Stefanie erschrak zuerst einmal ordentlich, dann lief sie mir nach. Hoffentlich war die Eingangstüre offen, dass ich ins Freie konnte. Das Glück war auf meiner Seite, ich war draußen. Die arme Stefanie hetzte voller Angst hinter mir her, da sie dachte, ich wolle weglaufen. Verzweifelt rief sie immer wieder meinen Namen. Um sie nicht zu sehr anzustrengen, lief ich immer nur ein paar Schritte vor ihr, damit sie mir folgen konnte. Ich lief natürlich in die Richtung, in der ich die Wäscherei vermutete. Stefanie wusste ja nicht, warum ich weggerannt bin. Sie wird wahrscheinlich sehr böse auf mich sein, aber wenn wir die kleine Mira-Lu hoffentlich wirklich finden sollten, dann würden wir alle drei wieder fröhlich sein können. Dann sah ich eine Bank unter einem schattigen Baum. Ich sprang auf diese und wartete auf Stefanie. Sie war total außer Atem und wollte mich sofort fassen und zurücktragen. Ich legte mich aber artig hin und blickte sie mit hilflosem Blick an. Wenn sie mich doch nur verstehen würde. Nachdem sie von der Rennerei müde und abgehetzt war, setzte sie sich ebenfalls auf die Bank. Ich machte natürlich keine Anstalten, wegzulaufen. Ich wollte ihr klarmachen, dass ich mich nur wegen der kleinen Mira-Lu so verhielt. Außerdem, muss ich gestehen, wusste ich im Moment nicht weiter. Es waren zwar einige alte Häuser auf der gegenüberliegenden Straßenseite, aber ich hatte keine Ahnung, wo diese Wäscherei war. In welchem dieser alten Häu-ser mochte wohl unsere Mira-Lu sein? Vielleicht war sie gar nicht hier, ich hatte das ja alles nur geträumt, und im Moment war ich ziemlich ratlos. Ich musste vorerst einmal nachdenken, wie ich weitermachen sollte, aber da kam mir der Zufall zu Hilfe.

Ein grau getigerter Kater kam langsam des Weges. Er sah mich auf der Bank sitzen und blieb stehen. Stefanie kannte diesen Kater und sagte:

„Ja, Sir Pete, was machst du denn hier, gehst du spazieren?"

Sir Pete umkreiste die Bank, umschmeichelte Stefanie und maunzte sie freundlich an. Zu mir gewandt, sagte Stefanie, dass das ein ganz lieber Kater sei, der hier mit seiner Gefährtin Lorena unter einem Balkon wohnt.

„Weißt du, Cosma-Fee, das sind die Katzen, die Herr Antono immer füttert. Sie sind sehr zutraulich, aber nur bei den Menschen, die sie kennen und die sie füttern. Meine Mama sitzt auch manchmal hier und füttert diese Katzerl. Sie werden deshalb auch von den Leuten hier scherzhaft als Pensionisten-Katzen bezeichnet, denn bei Kindern oder Menschen, die sie nicht kennen, sind sie sehr misstrauisch.

Sir Pete sprang zu mir auf die Bank und fragte neugierig nach meinem Namen und wo ich herkäme. Er war der erste frei lebende Kater, den ich kennen lernte, aber weil ich eine gute Kinderstube hatte, gab ich ihm freundlichst Antwort. Natürlich hatte ich einen kleinen Hintergedanken dabei, weil ich ja wissen wollte, ob er meine kleine Mira-Lu gesehen hätte.

„Lebst du schon immer hier in dieser Gegend?“, fragte ich den Kater.
„Ich bin mein ganzes Katzenleben hier und kenne jeden Winkel in der Gegend. Ich weiß auch über alle Gefahren Bescheid und habe es gelernt, hier zu überleben. Wir haben zwar den Herrn Antono, der sich wirklich sehr um uns kümmert, aber trotzdem ist das Leben hier nicht ungefährlich. Wie du siehst, führt dort drüben eine Straße vorbei, die wir immer überqueren müssen, wenn Antono aus der Haustüre kommt. Ich bin ja schon älter und passe natürlich auf, dass kein Auto kommt, und meine Freundin Lorena folgt mir dann immer nach. Aber man muss natürlich trotzdem Acht geben, denn die Autos hier rasen vorbei, dass es nur so zischt. Erst kürzlich, vor ein paar Tagen, ist eine kleine Katze beinahe von einem Auto überfahren worden. Sie hatte aber noch Glück und sich nur die Hinterbeine verstaucht. Jetzt ist sie dort drüben in dem alten Haus, Lorena passt auf sie auf und bringt ihr auch immer Futter, weil die kleine Katze jetzt keine Mäuse fangen kann. Sie ist ein ganz herziges Ding!“, erzählte mir Sir Pete.
Ich war auf einmal ganz aufgeregt. Das wird doch nicht meine kleine Mira-Lu sein!
„Wie sieht denn dieses Kätzchen aus, und weißt du, wo sie herkommt?“
„Lorena hat sie vor einiger Zeit mitgebracht. Sie ist schneeweiß, hat einen getigerten Rücken, und auch um die Augen herum ist sie getigert. Aber das Besondere an dieser Mieze ist ihr buschiger Schwanz. Einer ihrer Vorfahren muss eine Angorakatze gewesen sein, denn ihr Fell ist auch etwas langhaarig. Sie ist eine kleine

Schönheit. Nur jetzt ist sie schon ein bisschen verwildert, denn sie müsste ja jeden Tag gebürstet werden. Sie hat bestimmt einmal in einer Wohnung gelebt, denn ihr Fell war vorher weder verfilzt, noch war es schmutzig. Vielleicht ist die arme Mieze ausgesetzt worden, du weißt, manche Menschen sind grausam. Ich habe sie zwar gefragt, wo sie herkommt, aber sie will es uns nicht sagen. Außerdem macht sie einen sehr traurigen, hilflosen Eindruck, aber wir, ich und Lorena werden ihr schon helfen, damit sie lernt, den Winter hier zu überleben“, erzählte mir der liebe Sir Pete.
Ich war inzwischen überzeugt, dass das nur meine kleine Mira-Lu sein konnte. Wie sollte ich dem Sir Pete nur klarmachen, dass gerade diese Katze uns gehört und sie nicht ausgesetzt wurde. Hoffentlich hat Mira-Lu ihrer neuen Freundin nichts von mir erzählt, denn dann wäre sie bestimmt nicht gut auf mich zu sprechen.
„Ich würde diese kleine Mieze gerne sehen, kannst du sie nicht herholen?“
„Das geht nicht, sie kann noch nicht laufen, wegen ihrer Verletzung. Warum willst du sie sehen? Kennst du sic vielleicht? Weißt du, wo sie herkommt?“
So viele Fragen auf einmal, das war sehr anstrengend für mich, aber es war die einzige Möglichkeit für mich, unsere Mira-Lu wiederzubekommen, da musste ich durch, das war ich Beautiful schuldig.
„Ja, Sir Pete, ich glaube, ich weiß, wo diese Katze herkommt. Vor ungefähr zwei Monaten ist meine Gefährtin und Freundin Beautiful in den Katzenhimmel gekommen. Stefanie, das ist die Frau, die hier bei uns sitzt, und ich waren darüber sehr traurig. Eines Tages brachte mir Stefanie diese Katze, weil ich so einsam

und traurig war. Wir nannten sie Mira-Lu, sie war ein richtiger kleiner Wildfang, wie eben junge Katzen sind. Leider passierte Stefanie ein Missgeschick. Sie vergaß eines Abends, das Balkonfenster zu schließen. Am nächsten Tag war unsere Mira-Lu verschwunden, sie ist wahrscheinlich über das Fenster entwischt. Du siehst, wir haben dieses Kätzchen nicht ausgesetzt, denn Stefanie sucht jeden Tag hier in der Umgebung nach ihr. Wir beide sind sehr unglücklich darüber, aber wenn das unsere Mira-Lu wäre, gar nicht auszudenken, wie wir uns freuen würden!"

Auf einmal stand Stefanie auf und wollte mich fangen, um zurückzugehen. Aber ich wehrte mich und lief ein Stück weg. Stefanie fing plötzlich zu weinen an, sie hatte große Angst, mich nicht mehr zu erwischen. Ich konnte aber im Moment nicht anders, ich musste unbedingt die kleine Mira-Lu finden und heimholen.

„Sir Pete, bitte, bringe mich zu der kleinen Katze, damit ich sichergehen kann, ob sie die Mira-Lu ist. Ein zwei-tes Mal gelingt mir das nicht, Stefanie zu überlisten!", flehte ich ihn an.

„Na, dann komm, wir gehen aber langsam, damit uns Stefanie folgen kann. Wenn es eure Mira-Lu ist, dann kann sie die Katze ja gleich mitnehmen. Laufe hinter mir her, wenn ich über die Straße laufe, damit dir nichts passiert!"

Wir rannten über die Straße, und Stefanie folgte uns nach. Ich drehte mich nach ihr um und sah sie bittend an. Plötzlich hatte ich den Eindruck, dass sie wusste, was ich wollte. Sie kam zu mir und sagte: „Cosma-Fee,

was hat das zu bedeuten? Suchst du am Ende unsere Mira-Lu? Wenn ja, dann lass mich mitkommen!"
Endlich hatte ich das erreicht, was ich wollte. Ich maunzte sie an und forderte sie auf, uns zu folgen. Sir Pete marschierte mit mir durch dickes Gestrüpp, und auf einmal standen wir vor einem alten, unbewohnten Haus. Die Türe war nur angelehnt, wir gingen hinein. Durch einen weiteren Raum kamen wir in ein finsteres Zimmer. In einer Ecke sah ich auf einer alten zerschlissenen Decke ein armseliges Ding liegen. Eine freundliche Tigerkatze saß neben ihr und leistete ihr Gesellschaft.
„Das ist Lorena, meine Gefährtin, von der ich dir erzählt habe. Sie hat der kleinen Patientin wahrscheinlich eine Maus gebracht, wir können sie ja nicht verhungern lassen!", maunzte Sir Pete.
Ich ging auf die Schlafstelle zu und sah meine kleine Mira-Lu. Aber wie sah sie nur aus! Ihr Gesichtchen war ganz klein, ihr Fell struppig und schmutzig, ihr schöner Schwanz war ganz verfilzt und voll mit Kletten. Ein Bild des Jammers bot sich mir. Mira-Lu schlief, sie war krank, das sah man auf den ersten Blick. Ich näherte mich ihr und tapste sie vorsichtig mit meiner Pfote an.
„Mira-Lu, meine kleine Mira-Lu, wie schön, dass ich dich gefunden habe. Jetzt wird alles wieder gut!", freute ich mich, und Tränen vor Rührung traten in meine Augen.
„Ist sie wirklich deine Mira-Lu? Dann musst du Stefanie sagen, dass sie die kleine Mira-Lu holt und mit nach Hause nimmt. Ich freue mich auch für das Kätzchen, wenn sie wieder bei euch sein kann", meinte Sir Pete.

Lorena war eine entzückende Katze. Mit welcher Zärtlichkeit sie die Kleine bewachte, war rührend. Eine richtige Katzenmutter saß hier vor mir, sie erinnerte mich an meine Mama, die passte auch so brav auf mich und meine Schwester auf. Ja, ich wollte mich in Zukunft auch um Mira-Lu kümmern, das nahm ich mir vor. Ich lief ins Freie, um zu sehen, wo Stefanie war. Sie stand vor der Türe und sah mich herauskommen.
„Cosma-Fee, bitte lauf nicht mehr weg, diese Aufregungen sind zu viel für mich. Komm, wir gehen nach Hause, du bekommst eine Riesenportion Schlagobers, aber bitte, komm jetzt!“ Aber ich blieb vor der Türe und wartete auf sie, bis sie ganz nahe war, endlich kam sie mir nach. Dann stolzierte ich langsam zurück ins Haus und führte sie zu der kleinen Mira-Lu.
Sie beugte sich über sie und hob sie auf. Stefanie weinte auf einmal herzzerreißend und drückte mich an sich, dass mir die Luft wegblieb. Ein herrlich friedliches Gefühl überkam mich. Wie konnte ich nur jemals so abgeneigt gegen Mira-Lu sein! Ich konnte das selbst nicht mehr verstehen. Ich dachte an Beautiful und war ihr dankbar, dass sie mich hierher geschickt hatte, aber das darf ich niemandem erzählen, es würde mir auch niemand glauben. Ich bedankte mich überschwänglich bei meinen neuen Freunden Sir Pete und Lorena, denn ohne sie hätte ich Mira-Lu nicht gefunden. Voll Freude machten wir uns auf den Heimweg. Immer wieder sah ich Stefanie freudestrahlend an, wir waren beide wieder froh.
Zu Hause wurde Mira-Lu zuerst einmal in unser Körbchen gelegt, denn sie schlief noch immer. Na, die

würde schauen, wenn sie munter wird. Ich freute mich schon darauf, mit ihr zu sprechen. Nachts legte ich mich zu ihr und wärmte Mira-Lu, aber die Kleine wurde auch am nächsten Tag nicht wach. Sie machte zwar hie und da ihre Augen auf und blinzelte, dann schlief sie sofort wieder. Stefanie machte sich schon Sorgen um sie, genau wie ich. Wenn Mira-Lu nicht fressen wollte, würde sie vielleicht sterben. Alleine der Gedanke war schrecklich für mich, denn ich wollte sie nicht verlieren.

Da holte Stefanie den Transportkorb, legte die kleine Mira-Lu hinein und deckte sie mit einer warmen Decke zu.

„Cosma-Fee, ich muss mit Mira-Lu zum Arzt, sie ist bestimmt sehr krank, weil sie so dünn ist und nichts frisst. Er muss ihr etwas geben, damit sie wieder zu Kräften kommt. Ich bin bald wieder hier, ich verspreche es dir!“, sagte Stefanie zu mir, bevor sie wegfuhr.

Wieder einmal saß ich alleine in der Wohnung und wartete auf die beiden, aber heute war mir nicht mehr so bange, weil ich wusste, dass der kleinen Mira-Lu geholfen wird. Sie ist noch eine junge Katze und würde das bestimmt überstehen. Üblicherweise verdöse ich die Zeit, aber diesmal war ich so nervös, dass ich die ganze Zeit in der Wohnung herumlief. Endlich kam Stefanie zurück. Ich erschrak zu Tode, denn sie kam ohne Mira-Lu. Ich sah sie verzweifelt an und konnte mich nicht beruhigen. Ich sprang an ihr hoch und miaute kläglich. Stefanie setzte sich nieder und sagte freundlich zu mir:

„Cosma-Fee, sei nicht so aufgeregt, es ist nichts gesche-hen, die kleine Mira-Lu kommt wieder zu uns. Sie ist sehr krank und hat vermutlich eine Lungenentzündung. Sie war die kühlen Nächte nicht gewöhnt, und wir wissen ja nicht, wo sie diese paar Wochen überall war. Aber die Frau Doktor hat mir gesagt, dass sie ein paar Tage in der Tierklinik bleiben muss, bis sie wieder so weit gesund ist. Dort bekommt sie Vitamine und Schonkost, das hilft ihr garantiert. Da sie noch eine junge Katze ist, wird sie bald wieder bei uns sein!", versicherte mir Stefanie.
Da hatte die kleine Mira-Lu Glück gehabt. Ich dankte im Geheimen meiner Beautiful, weil sie mir gesagt hatte, wo ich Mira-Lu finden würde. Vielleicht träumte ich wieder einmal von Beautiful, dann würde ich mich sehr bei ihr bedanken.
„Ja, meine liebe Cosma-Fee, zuerst war ich schon böse, weil du mir durch die Türe geschlüpft bist, aber nun müsste ich dir sogar dankbar dafür sein, denn dort bei der alten Wäscherei hätte ich unsere Mira-Lu nie gesucht. Sie wäre bestimmt gestorben, unsere Kleine!"
Schade, dass ich ihr nicht sagen konnte, wieso ich das alles wusste. Der liebe Sir Pete war wirklich ein Fingerzeig für mich gewesen, hoffentlich sehe ich ihn wieder, aber da müsste ich ja wieder davonlaufen, das kann ich Stefanie nicht antun. Es verging fast eine ganze Woche, als Stefanie nach dem Frühstück zu mir sagte:
„Heute kommt die Mira-Lu nach Hause, ich freue mich schon so auf sie. Jetzt müssen wir aber sehr aufpassen, damit sie nicht wieder über das Fenster verschwindet,

ein zweites Mal hätten wir bestimmt nicht das Glück, sie zu finden!", freute sie sich, bevor sie wegging.
Mira-Lu ist wieder da!
Ich begrüßte sie ganz lieb mit Köpfengeben und viel Miau. Sie schaute mich ungläubig an, wunderte sich wahrscheinlich, weil sie solch eine Begrüßung von mir nicht erwartet hatte. Aber das war ja nun völlig egal, Hauptsache, sie war wieder da. Sie war noch immer sehr dünn, ihr Fell war aber schon wieder sehr seidig, und ihr Schwanz war die tollste Augenweide. Voller Stolz stellte sie ihren buschigen Schwanz auf, so dass die langen Fellhaare auseinander fielen, sie sah prächtig aus. Ich bot ihr sofort meinen Schlafplatz an.
„Wenn du willst, kannst du immer in unserem Körbchen schlafen, wir haben beide genügend Platz drinnen. So einen schönen Tag wie heute habe ich schon lange nicht mehr erlebt!", flüsterte ich ihr zu. Sie folgte mir freudig nach, und schon kuschelten wir zusammen im Körbchen. Vielleicht hatte sie schon vergessen, warum sie weggerannt war. Das wäre mir natürlich am liebsten gewesen, dann hätte ich ihr nichts erklären müssen. Ich wartete erst einmal ab. Stefanie stellte ihr eine kleine Portion Schlagobers hin und rief ihren Namen:
„Komm, Mira-Lu, mein Schleckermäulchen, koste einmal, wie herrlich das ist, da wirst du schmausen. Du musst nämlich wieder stark werden und zu Kräften kommen, damit du wieder ordentlich laufen und springen kannst!"
Mira-Lu ließ sich nicht zweimal bitten. Sie verschlang diese Köstlichkeit gierig und putzte sich anschließend hingebungsvoll. Sie schien ihre Heimkehr richtig zu genießen. Ich konnte mich nicht genug satt sehen an ihr.

Sie ließ sich dann noch von Stefanie streicheln und bürsten, dass ich beinahe fast wieder eifersüchtig geworden wäre, aber ich verwarf diese schlimmen Gedanken sofort wieder. Nein, zur Eifersucht war kein Grund: Sie hatte uns endlich wieder und war bestimmt glücklich darüber. Ich war neugierig, was sie mir alles zu erzählen weiß, wenn sie denn mit mir erst wieder reden würde.
Mira-Lu wurde wieder vollkommen gesund. Sie entwickelte sich prächtig und wurde ganz langsam wieder vergnügter und lustiger. Allerdings ging sie mir aus dem Weg. Sie spielte meistens alleine mit ihren Fellmäusen, und ich war der Meinung, die kleine Mira-Lu hatte mir bestimmt mein Verhalten vor ihrem Weglaufen noch immer nicht verziehen. Ich konnte sie ja verstehen, aber irgendwann könnte sie mir schon wieder zeigen, dass sie mich doch noch mag. Auch sprach sie sehr wenig mit mir, sie wurde eine kleine Einzelgängerin. Nur bei Stefanie, da konnte sie schmeicheln, Köpfchengeben und schnurren, dass es eine Freude war. Ich überlegte, wie ich ihre Freundschaft gewinnen könnte, denn so machte mir unser Zusammenleben keinen Spaß.
„Mira-Lu, warum sprichst du so wenig mit mir, und warum spielst du nicht mit mir? Bist du noch böse auf mich?“, überwand ich mich, sie zu fragen.
Sie setzte sich vor mich hin, legte ihren Kopf ganz schief und sah mich fragend an.
„Wieso fragst du das? Ich war nie böse auf dich, das kommt dir vielleicht nur so vor!“, meinte sie.

„Na, ja, weil du weggelaufen bist, deshalb dachte ich so!“, gab ich ihr zur Antwort.
„Cosma-Fee, ich bin nicht weggelaufen, es war einfach Pech für mich, dass das Fenster offen war. Ich schlüpfte hinaus und war auf der Loggia. Es war stockfinster, da bin ich irrtümlich über das Balkongeländer hinuntergefallen. Es war ja nur gut, dass mir nichts passiert war, aber ich kannte mich natürlich nicht mehr aus, als ich auf der Wiese landete. So suchte ich eine Weile herum und verirrte mich total. Ich maunzte, weil ich hoffte, ihr würdet mich hören, aber ihr habt so fest geschlafen und mich nicht gehört. Na, so war das, meine Liebe!“
Ich sah die kleine Mira-Lu vollkommen entgeistert an. Sie war also gar nicht meinetwegen davongelaufen! Sollte ich mich jetzt freuen oder mich ärgern?
„Warum spielst du dann trotzdem immer alleine?“, fragte ich hartnäckig.
„Das ist eine lange Geschichte, damit will ich dich nicht langweilen, aber vielleicht erzähle ich es dir einmal. Jedenfalls freue ich mich sehr, dass wir endlich einmal miteinander sprechen!“, hörte ich Mira maunzen.
„Erzähle, wie ist es dir dann weiter ergangen, du warst ja schließlich ein paar Wochen weg. Wo bist du hingegangen? Stefanie und ich waren total fertig, als wir merkten, dass du verschwunden warst. Jeden Tag hat sie dich stundenlang hier in der Umgebung gesucht, auch Suchmeldungen hatte sie aufgegeben. Es war eine schlimme Zeit für mich und Stefanie!“
„Ich irrte eine Weile herum, und im Morgengrauen begegnete ich einer schwarzen Katze mit einem weißen

Gesichtchen. Sie war schon sehr alt, man sah es ihr an. Sie blieb vor mir stehen und fragte mich, ob ich hier fremd sei, sie hätte mich noch nie hier gesehen. Ich erzählte ihr von meinem Missgeschick, und dass ich leider nicht mehr heim finde. Sie tröstete mich und meinte, ich solle vorläufig einmal mit ihr kommen. Sie kenne hier ein paar Katzen, die würden mich vorerst einmal aufnehmen, bis sich eine Lösung findet. Sie war sehr lieb und freundlich zu mir. Ich ging mit ihr mit und erfuhr, dass sie Batman heißt, obwohl sie eine Katzendame war.
‚Wie bist du denn zu diesem Namen gekommen?', fragte ich sie.
‚Meine Besitzer glaubten anfangs, ich sei ein Kater. Und weil ich so eine Zeichnung im Gesicht habe wie Batman, nannten sie mich so. Erst als ich ein Jahr später drei reizende Katzenbabys bekam, merkten sie, dass ich kein Kater war, aber der Name ist mir geblieben. Ist das nicht witzig?'
Wir liefen bei vielen Häusern und Gärten vorbei, bis wir zu einem alten Haus kamen. Dort lernte ich dann Sir Pete und Lorena kennen, ein ganz reizendes Katzenpärchen. Sie nahmen mich sehr freundlich auf und versorgten mich sofort mit Futter und frischem Wasser. Ich fand bei ihnen Unterschlupf, und sie passten gut auf mich auf. Du hast ja keine Ahnung, wie gefährlich diese Zeit für mich war. Also, ich bin froh, dass ich wieder hier bin. Ich habe nächtelang kein Auge zugetan vor lauter Angst!", berichtete mir die kleine Mira-Lu.
Ja, da hatte sie wohl Recht, ich war auch froh, dass ihre Odyssee zu Ende war. Aber heute hatte die kleine

Mira-Lu ihren gesprächigen Tag, und sie erzählte weiter:
„Eines Tages wollten Sir Pete und ich über die Straße laufen, weil Herr Antono bei der Katzenfutterstelle war. Ich rannte hinter Sir Pete her; er kam gerade noch über die Fahrbahn, aber mich streifte ein Auto, das rasend schnell dahersauste. Ich konnte gerade noch bis zum Straßenrand laufen, dann blieb ich liegen. Ich dachte, jetzt ist es mit mir vorbei. Sir Pete holte sofort seine Gefährtin, und die beiden schleppten mich in die alte Wäscherei. Dort lag ich tagelang mit zwei verstauchten Hinterbeinen und hatte fürchterliche Schmerzen. Nachts schlief Lorena bei mir auf der Decke, um mich zu wärmen, jedoch mein Zustand wurde immer schlechter. Ich hörte, wie sich Sir Pete und Lorena um mich Sorgen machten. Ich wurde immer matter, Hunger verspürte ich auch keinen mehr. Die Nächte waren sehr kalt, so dass ich auch einen schlimmen Husten bekam. Wenn nicht bald ein Wunder geschehe, meinten meine Freunde, würde ich das Frühjahr nicht mehr erleben. Aber das Wunder ist doch geschehen. Gerade im letzten Augenblick hast du mich gefunden, dafür werde ich dir ein Leben lang dankbar sein. Du bist eigentlich eine ganz liebe Katze, das hätte ich nie geglaubt, ich mag dich sehr, sehr gern!"
Dann gab sie mir Streicheleinheiten bis zum Umfallen, sie machte aus mir wieder eine frohe Katze. So hatte ich die kleine Mira-Lu noch nie erlebt. Sie war sichtlich glücklich, bei mir sein zu können. Es ist doch wieder alles gut geworden. Wir teilten unseren Schlafplatz miteinander, ich ließ sie immer von meinem Schlagobers

kosten, und wir spielten oft stundenlang mit allen möglichen Dingen.

„Mira-Lu, du hast mir noch gar nicht erzählt, warum du vor deinem Ausflug nicht mit mir gespielt hast. Hattest du Angst vor mir, oder was war sonst der Grund?“

„Wie du ja weißt, bin ich auf einem Bauernhof geboren. Ich hatte eine liebe Mama, eine Glückskatze. Das sind dreifarbige Katzen, die überall sehr beliebt sind. Mein Katzenvater war ein getigerter Langhaarkater, der schönste im ganzen Dorf, leider hat ihn einen Tag, bevor ich zu euch kam, ein Auto überfahren. Ich hatte viele Geschwister, die alle langhaarig waren. Die Nachfrage nach uns jungen Kätzchen war groß, weil es in der näheren Umgebung keine Langhaarkätzchen gab, so dass wir alle immer gute Plätze bekamen. Ich war deshalb länger auf dem Hof, weil ich die Lieblingskatze des Bauernsohnes war. Er hieß Florian, und er verwöhnte mich mit vielen Leckerbissen und Streicheleinheiten. Ich durfte manchmal sogar in seinem Zimmer schlafen, wenn es draußen schon kalt war. Die anderen Katzen schliefen im Stall, aber dort war es nicht so gemütlich. Ich hatte also ein sehr schönes Leben. Tagsüber streunte ich in der näheren Umgebung herum und versuchte, hie und da eine Maus zu fangen. Ein schwieriges Unterfangen, gar nicht so leicht, besonders, wenn man noch so jung ist. Wir hatten auch einen großen Hund auf dem Hof. Er hatte den Namen Wuzz und war ein Bernhardiner. Alle Leute, die kamen, fürchteten sich vor ihm, dabei war er fromm wie ein Lamm. Manchmal trug er mich in seinem Maul spazieren, und die Kinder schrieen, weil sie dachten, er würde mich fressen. Oft legte mich Florians kleine Schwester in ihren Puppenwagen und führte mich spazieren. Das gefiel mir zwar nicht immer, aber ich machte gute Miene zum Spiel, weil ich wusste, wie lieb sie mich alle hatten!"

„Das ist aber eine schöne Geschichte, da ist es dir ja gut gegangen, beim Florian und seiner Familie. Ich kannte einmal einen wunderschönen rot-weißen Langhaarkater, der hieß so ähnlich wie Florian, nämlich Floro. Ein paar Mal war er bei uns zu Besuch, als Beautiful noch hier war. Aber jetzt habe ich ihn schon lange nicht mehr gesehen. Er gehört Stefanies Freundin. So, aber nun sprich weiter, wie war das, als dich Stefanie holte?"

„Ich war schon ein paar Monate alt, eine verspielte, lustige Katze. Florian hatte seine Freude mit mir. Immer durfte ich bei ihm sitzen, sogar wenn er seine Hausaufgaben machte, sah ich ihm zu. Er war ganz vernarrt in mich und sagte immer wieder, dass er sich nie von mir trennen würde. Ich glaubte das voll und ganz", sagte Mira-Lu

„Leider hat er aber sein Wort nicht gehalten, wie ich annehme, oder?"

„Er hätte mich nie weggegeben, man hat den armen Florian überrumpelt. Er war sehr traurig, als mich Stefanie mitnahm. Es kam alles so plötzlich und ungeahnt. Stefanie erzählte unserer Bäuerin von ihren Katzen, wo-von eine erst kürzlich gestorben sei. Nun wäre die andere Katze sehr traurig und allein, daher wollte sie der einsamen Katze eine neue Freundin bringen, damit sie ihren Kummer vergisst. Sie hatte sich wirklich große Sorgen um dich gemacht, das kannst du mir glauben.

So wurde von einem Tag auf den anderen mein Leben verändert. Das war nicht gerade leicht für mich, aber nun bin ich eben hier bei dir!"
„Ja, Mira-Lu, ich war sehr einsam, nachdem die Beautiful in den Katzenhimmel gekommen war. Stefanie hatte es bestimmt nur gut gemeint, als sie dich brachte. Ich war nur leider noch nicht bereit dazu, eine neue Katze zu akzeptieren. Ich war sehr eifersüchtig auf dich, weil ich dachte, nun bist du der Liebling im Haus. Darum war ich auch nicht besonders freundlich zu dir, aber das werde ich alles wieder gutmachen, das verspreche ich dir. Erst als du nicht mehr da warst, hatte ich erkannt, wie sehr du mir fehlst. Stefanie und ich konnten es nicht fassen, was passiert war!"
„Die erste Zeit bei euch war sehr schlimm für mich. Diese Situation war neu für mich, und du hast getan, als gäbe es mich gar nicht. Da dachte ich mir, wenn sie mich nicht will, soll sie es bleiben lassen. Hauptsache, mir geht es gut. Ich machte mir nichts daraus, weil ich annahm, eines Tages, wenn wir uns besser kennen, wirst du mich schon mögen. Als ich dich das erste Mal sah, bin ich richtig erschrocken. So eine große, schöne Katze mit langen Haaren hatte ich vorher noch nie gesehen, du machtest einen sehr respektablen Eindruck. Ich hatte zwar keine Angst, aber herausfordern wollte ich dich auch nicht. Ich hätte natürlich gerne mit dir gespielt, aber jedes Mal, wenn ich in deine Nähe kam, hast du gefaucht wie eine Löwin.
Darum ist es jetzt umso schöner für mich, weil du mich nun magst. Ich möchte für immer deine Freundin sein!", strahlte mich die kleine Mira-Lu an.

Endlich ist die Welt nun wieder in Ordnung gekommen. Nun sind wir schon eine lange Zeit beisammen und verstehen uns prächtig. Dieser kleine Kobold bringt natürlich Spaß und Freude in unser Leben. Ich denke auch noch oft an Beautiful, denn wenn sie nicht in meinem Traum erschienen wäre, hätten wir unsere kleine Mira-Lu nicht gefunden. So hat alles seine Be-stimmung. Und wenn ich sie heute manchmal anfauche, dann nur, wenn sie es zu bunt mit mir treibt, aber das ist natürlich nicht ernst gemeint, das weiß die kleine Mira-Lu genau!

STEFANIE, MIRA-LU und ICH

„Cosma-Fee, das war aber eine lange und schöne Geschichte. Ich hätte nie gedacht, dass dir so viel einfällt. Da sehe ich erst, was ich alles nicht wusste, das war wirklich sehr interessant. Mir wäre das alles nicht eingefallen, das muss ich gestehen!"

„Danke schön, aber jetzt bin ich, ehrlich gesagt, total erschöpft, brauche nun eine Stärkung und eine Ruhepause. Wie brav die kleine Mira-Lu zugehört hat. Aber ab heute werden wir sie nicht mehr „die kleine Mira-Lu" nennen, sondern einfach Mira-Lu. Sie ist ja nun schon eine prächtige Katze geworden, die nicht mehr klein ist, sondern mich in der Größe bald erreichen wird. Was sagst du dazu, Stefanie?"

„Ich bin ganz deiner Meinung, klein ist unsere Mira-Lu nicht mehr!", stimmte ich zu.

Ich ging in die Küche, um unser Nachtmahl vorzubereiten. Meine beiden folgten nach, und es war mir, als wären die alten Zeiten wiedergekommen, so schön fand ich das. Nie und nimmer könnte ich mir vorstellen, ohne diese beiden Stubentiger zu sein. Wer einmal mit einer Samtpfote gelebt hat, wird das sicher verstehen, es gibt nicht Schöneres und Aufregenderes. Es war schon stockfinster draußen, ich ging zum Fenster und sah, dass die ersten Schneeflocken vom Himmel fielen.

„Cosma-Fee, jetzt kommt bald Weihnachten, was wünschst du dir? Ich möchte dir und Mira-Lu eine Freude machen!"

„Stefanie, ich wünsche mir nichts anderes, als dass es immer so bleiben möge. Mira-Lu und ich sind glücklich und zufrieden bei dir, was kann es Schöneres geben?!“, maunzte sie und lächelte.
„So, und jetzt setze ich dich auf die Waage, damit ich sehe, ob dir die Schlagobersportionen auf die Hüften geschlagen haben, ich bin neugierig, wie viel du mehr wiegst.“
Zuerst weigerte sich meine Cosma-Fee und wollte abzischen, aber ich sagte ihr, dass das ja nur ein Spaß wäre.
„Das ist aber kein Spaß mehr, wenn du mich mit der Waage ärgern willst. So, aber ich möchte es auch wissen, es ist ja egal, gell, Stefanie?“
Zu unserer beider Überraschung hatte die liebe Cosma-Fee nur ein halbes Kilo zugenommen.
„Wie ist denn das möglich, bei dieser Schlemmerei, kannst du mir das sagen? Wenn ich das gefuttert hätte, bei mir wären es bestimmt fünf Kilo geworden!“
„Der Stress, Stefanie, was glaubst du, wie ich mich konzentrieren musste. Auch das Diktieren war nicht gerade einfach für mich, aber nun haben wir es ja geschafft. Wir sind, wie vorgehabt, noch vor dem Weihnachtsfest fertig geworden. Es war genau richtig, wie wir das geplant haben. So, und jetzt will ich erst einmal meine Ruhe haben.“
Die nächsten Tage sprach Cosma-Fee kein Wort. Sie war sichtlich müde und abgespannt. Ich gönnte ihr die verdiente Ruhe und verwöhnte sie dementsprechend. Erst am Heiligen Abend sprach sie wieder mit mir:
„Ich muss dir etwas sagen, meine Liebe. Wenn ich in Zukunft nicht mehr spreche, so hat das nichts mit dir zu tun. Ich bin schon eine ältere Katze, das Sprechen ist

doch sehr anstrengend für mich, aber wenn du meinen Rat oder Hilfe brauchst, werde ich immer mit dir reden! Ich weiß, dass ich mich auch auf dich verlassen kann. Außerdem bin ich mit Mira-Lu sehr beschäftigt, sie hält mich ganz schön auf Trab!"
Ich verstand meine Cosma-Fee sehr, darum konnte ich ihr nur beipflichten. Es weiß ja niemand, dass sie sprechen kann, daher ist alles so, wie es sein soll.
Am Abend kamen meine Eltern mit ihrer zarten Katze, um mit uns Weihnachten zu feiern. Meine beiden nahmen Susa sofort unter ihre Fittiche und hatten ihren Spaß mit der Kleinen. Ich setzte mich ans Klavier und spielte Weihnachtslieder, Mira-Lu und Cosma-Fee kuschelten mit der kleinen Susa im Körbchen. Es wurde für uns alle ein sehr schönes und friedliches Fest.
Als ich wieder mit Cosma-Fee und Mira-Lu alleine war, nahm ich die beiden und setzte sie in ihr Körbchen, dann stellte ich den Korb mit meinen Lieblingen in das Schlafzimmer neben mein Bett.
In der Nacht hörte ich, wie Cosma-Fee und Mira-Lu miteinander maunzten, auf kätzisch natürlich. Die beiden waren ein Herz und eine Seele, es war wirklich eine Freude, sie zu beobachten, wie zärtlich sie zueinander waren. Sie putzten sich gegenseitig das Fell und wollten nicht und nimmer schlafen, wahrscheinlich hatten sich die beiden noch viel zu erzählen ...